高等院校规划教材·计算机应用技术系列

Visual Basic 程序设计与应用实训

刘立群　池　洁　刘　冰　主　编

邹丽娜　周　颖　刘　哲　副主编

宋　倬　王占军　参　编

机械工业出版社

本书是《Visual Basic 程序设计与应用》的配套教材,全书共 13 章,每章都包括知识要点、相关知识与例题分析、实验指导三个部分。知识要点对教材知识点进行概括;相关知识与例题分析给出主教材中相应章节的测试题及参考答案;实验指导是根据教程中知识点精心设计的上机实验内容,并设有综合实验部分,要求学生通过完善程序代码后,经过调试运行实现程序功能。

　　本书结构清晰,内容丰富,通俗易学,实例充足,既可作为《Visual Basic 程序设计与应用》的配套教材使用,又可作为参加全国计算机等级考试人员备考的复习材料。

图书在版编目(CIP)数据

Visual Basic 程序设计与应用实训/刘立群,池洁,刘冰主编. —北京:机械工业出版社,2009.12

(高等院校规划教材·计算机应用技术系列)

ISBN 978 - 7 - 111 - 29124 - 4

Ⅰ.V… Ⅱ.①刘… ②池… ③刘… Ⅲ.BASIC语言 – 程序设计 – 高等学校 – 教材Ⅳ.TP312

中国版本图书馆 CIP 数据核字(2009)第 241276 号

机械工业出版社(北京市百万庄大街 22 号 邮政编码 100037)

策划编辑:赵　轩
责任编辑:赵　轩
责任印制:李　妍
北京振兴源印务有限公司印刷
2010 年 2 月第 1 版·第 1 次印刷
184mm × 260mm·11 印张·270千字
0001 - 3000 册
标准书号:ISBN 978 - 7 - 111 - 29124 - 4
定价:19.00 元

凡购本书,如有缺页、倒页、脱页,由本社发行部调换

电话服务
社服务中心:(010) 88361066
销售一部:(010) 68326294
销售二部:(010) 88379649
读者服务部:(010) 68993821

网络服务
门户网:http://www.cmpbook.com
教材网:http://www.cmpedu.com

封面无防伪标均为盗版

出 版 说 明

　　计算机技术的发展极大地促进了现代科学技术的发展，明显地加快了社会发展的进程。因此，各国都非常重视计算机教育。

　　近年来，随着我国信息化建设的全面推进和高等教育的蓬勃发展，高等院校的计算机教育模式也在不断改革，计算机学科的课程体系和教学内容趋于更加科学和合理，计算机教材建设逐渐成熟。在"十五"期间，机械工业出版社组织出版了大量计算机教材，包括"21世纪高等院校计算机教材系列"、"21世纪重点大学规划教材"、"高等院校计算机科学与技术'十五'规划教材"、"21世纪高等院校应用型规划教材"等，均取得了可喜成果，其中多个品种的教材被评为国家级、省部级的精品教材。

　　为了进一步满足计算机教育的需求，机械工业出版社策划开发了"高等院校规划教材"。这套教材是在总结我社以往计算机教材出版经验的基础上策划的，同时借鉴了其他出版社同类教材的优点，对我社已有的计算机教材资源进行整合，旨在大幅提高教材质量。我们邀请多所高校的计算机专家、教师及教务部门针对此次计算机教材建设进行了充分的研讨，达成了许多共识，并由此形成了"高等院校规划教材"的体系架构与编写原则，以保证本套教材与各高等院校的办学层次、学科设置和人才培养模式等相匹配，满足其计算机教学的需要。

　　本套教材包括计算机科学与技术、软件工程、网络工程、信息管理与信息系统、计算机应用技术以及计算机基础教育等系列。其中，计算机科学与技术系列、软件工程系列、网络工程系列和信息管理与信息系统系列是针对高校相应专业方向的课程设置而组织编写的，体系完整，讲解透彻；计算机应用技术系列是针对计算机应用类课程而组织编写的，着重培养学生利用计算机技术解决实际问题的能力；计算机基础教育系列是为大学公共基础课层面的计算机基础教学而设计的，采用通俗易懂的方法讲解计算机的基础理论、常用技术及应用。

　　本套教材的内容源自致力于教学与科研一线的骨干教师与资深专家的实践经验和研究成果，融合了先进的教学理念，涵盖了计算机领域的核心理论和最新的应用技术，真正在教材体系、内容和方法上做到了创新。另外，本套教材根据实际需要配有电子教案、实验指导或多媒体光盘等教学资源，实现了教材的"立体化"建设。本套教材将随着计算机技术的进步和计算机应用领域的扩展而及时改版，并及时吸纳新兴课程和特色课程的教材。我们将努力把这套教材打造成为国家级或省部级精品教材，为高等院校的计算机教育提供更好的服务。

　　对于本套教材的组织出版工作，希望计算机教育界的专家和老师能提出宝贵的意见和建议。衷心感谢计算机教育工作者和广大读者的支持与帮助！

机械工业出版社

前　言

  Visual Basic 是一种由微软公司开发的包含协助开发环境并支持事件驱动的可视化编程语言。Visual Basic 源自于 BASIC 语言，拥有图形用户界面和快速应用程序开发系统，可以轻易地连接数据库，或者轻松地创建 ActiveX 控件，也可以轻松地使用 Visual Basic 提供的组件快速建立一个应用程序。由于它功能强大、容易掌握，所以不仅被许多大专院校列入了教学计划，并且已经作为全国计算机等级考试二极的考试科目之一。

  为了适应各院校开设 Visual Basic 程序设计课程的需要和学生参加国家二级考试的要求。本书作者紧紧围绕全国计算机等级考试二级考试大纲，结合大纲要求组织和编写知识点，并针对二级考试中笔试和上机考试的不同形式和要求，在积累和总结多年从事计算机等级考试的教学辅导经验的基础上，编写了本套教材。本套教材以 Visual Basic 6.0 中文版为基础，共分为两个部分：

  第一部分为主教材《Visual Basic 程序设计与应用》。主教材内容共分 13 章，覆盖了二级考试的全部知识点，并且对每一个重要知识点都设计了相应的程序设计实例，强化对核心知识点的理解，引导学生通过对具体案例的学习和实践掌握程序设计方法。

  第二部分为辅助教材《Visual Basic 程序设计与应用实训》。在辅助教材中，每章包括三个部分：知识要点、相关知识与例题分析、实验指导。知识要点对教材知识点进行概括；相关知识与例题分析根据知识点编写例题，并结合例题给出分析说明及答案；实验指导不仅给出实验目的和实验内容，而且力求将启发、创新引入实验过程，因此设置了综合实验部分，要求学生通过完善程序代码后，经过调试运行而实现程序功能。

  本套书可以作为高等学校 Visual Basic 程序设计语言课程的教材，也可作为参加全国计算机等级考试人员的自学和辅导教材。

  本套教材由刘立群、池洁、刘冰、刘哲、邹丽娜、周颖、宋倬、王占军 8 位老师编写，由刘立群统稿。由于编者水平有限、经验不够丰富、书中难免会有不足之处，敬请批评指正。

编　者

目　录

第 1 章　认识 Visual Basic

1.1　知识要点

1）Visual Basic 的发展过程和语言特点。

2）Visual Basic 的启动与退出。

1.2　相关知识与例题分析

选择题

【例 1-1】与传统程序设计语言相比，Visual Basic 最突出的特点是 _____。

A. 事件驱动编程机制　　　　　　B. 结构化程序设计

C. 程序调试技术　　　　　　　　D. 程序开发环境

相关知识：Visual Basic 是可视化的、面向对象的、采用事件驱动编程机制的结构化高级程序设计语言。

例题分析：传统程序设计语言也具有选项 B、C、D 所叙述的特点，而在 Visual Basic 语言的多个特点中，与传统程序设计语言相比，最突出的应该是事件驱动编程机制。

答案：A

【例 1-2】可视化程序设计强调的是 _____。

A. 过程的模块化　　　　　　　　B. 控件的模块化

C. 程序的模块化　　　　　　　　D. 对象的模块化

相关知识：传统的程序设计在设计过程中看不到界面的实际效果，是不可视的。Visual Basic 程序的用户界面由窗体和控件构筑，一目了然。界面代码自动生成，不用编写程序，即控件和代码是封装在一起的。

例题分析：本题考核的是关于传统的结构化程序设计思想与面向对象程序设计思想的区别。传统的程序设计语言是面向过程的，而可视化程序设计是面向对象的，因此选项 B 与 D 相比，D 选项更准确。至于"程序的模块化"是软件工程的一个理论。

答案：D

【例 1-3】Visual Basic 界面由 _____ 组成。

A. 图标　　　　　　　　　　　　B. 对象

C. 窗体　　　　　　　　　　　　D. 控件

例题分析：本题考核的是 Visual Basic 界面的组成元素。

Visual Basic 界面的组成元素可以是工具箱中的控件，也可以是窗体，但窗体和控件都属于对象，因此 B 选项更准确。

答案：B

【例1-4】动态数据交换的英文缩写是 _____。

A. OLE   B. DLL

C. DDE   D. ODBC

例题分析：本题考核英文缩写的含义。"动态"的英文单词是 dynamic，答案应在选项 B 和 C 之间，"数据"的英文单词是 data，很显然应选择 C 选项。

答案：C

举一反三：

OLE 是对象的链接与嵌入（Object Linking And Embeding）。

DLL 是动态链接库（Dynamic Linking Library）。

ODBC 是开放式数据链接（Open Database Connectivity）。

【例1-5】启动 Visual Basic 可以用 _____ 方法。

A. 通过"我的电脑"，找到 VB6. exe，双击该文件名

B. 选择"开始|程序"命令

C. 选择"开始|运行"命令

D. 以上 3 种方法都可以

例题分析：3 种方法都可以，还可以用事先创建 Visual Basic 的快捷方式来启动。

答案：D

【例1-6】退出 Visual Basic 的快捷键是 _____。

A. Ctrl + Q   B. Shift + Q

C. Alt + Q   D. Ctrl + Alt + Q

例题分析：本题考核的是如何退出 Visual Basic。退出 Visual Basic 可以用菜单命令、关闭按钮和快捷键 3 种方法。快捷键通常是组合键，其中一个键应该是 Q（Quit 的第一个字母），在 Visual Basic 中用〈Alt + Q〉组合键实现退出。

答案：C

1.3 实验指导

实验 Visual Basic 的启动和退出

1. 实验目的

熟悉 Visual Basic 的启动和退出。

2. 实验内容

（1）尝试用多种方法启动 Visual Basic

1）利用"资源管理器"或"我的电脑"，找到可执行文件 VB6. exe，双击该文件名即可启动。

2）在桌面上建立启动 Visual Basic 的快捷方式。

提示：

● 启动 Windows 后，通过"资源管理器"或"我的电脑"在 Visual Basic 的安装目录下

找到 VB6. exe。

● 将鼠标移到 VB6. exe 图标上右击，在弹出的快捷菜单中选择"发送到 | 桌面快捷方
式"命令。

3）选择"开始 | 程序"命令，在程序组中找到可执行文件 VB6. exe 并启动。

思考：

● 你喜欢用哪一种方法？为什么？

（2）用以下几种方法退出 Visual Basic

1）选择"文件 | 退出"命令。

2）单击主窗口右上角的"关闭"按钮。

3）按〈Alt + Q〉组合键。

第 2 章　Visual Basic 应用程序设计初步

2.1　知识要点

1）Visual Basic 应用程序的设计步骤。
2）用户界面的建立。
3）属性的设置。
4）事件驱动代码的编写。

2.2　相关知识与例题分析

选择题

【例 2-1】可视化编程的基本步骤有 3 个，它们是 _____。
A. 创建工程、设计界面、编写代码
B. 创建工程、编写代码、保存程序
C. 设计界面、设置属性、编写代码
D. 设计界面、编写代码、调试程序

相关知识：一般来讲，可视化程序设计的步骤有 5 个：创建工程、设计界面、设置属性、编写代码、调试运行。

例题分析：本题考核的设计过程。

题目要求回答可视化编程的基本过程的 3 个主要步骤，因为创建工程是必须的，但不能算编程的基本步骤，而调试程序属于程序编写完成后的步骤。因此，基本过程包括的 3 个步骤应该是 C 选项。

答案：C

【例 2-2】Visual Basic 集成开发环境的主窗口不包括 _____。
A. 标题栏　　　　　　　　　　B. 菜单栏
C. 状态栏　　　　　　　　　　D. 工具栏

例题分析：主窗口是用来控制和显示 Visual Basic 环境下各种工作模式及操作命令的。工作模式显示在标题栏上，操作命令由菜单栏或工具栏来实施，不包括状态栏。

答案：C

【例 2-3】Visual Basic 窗体设计器的主要功能是 _____。
A. 建立用户界面　　　　　　　B. 编写代码
C. 显示文字　　　　　　　　　D. 画图

例题分析：编写代码在代码窗口，因此 B 选项是错误的。在 Visual Basic 中，窗体设计器可以显示文字，也可以画图，但这些都是在创建用户界面。程序运行时，窗体就是用户界面上的一个窗口，可以与用户进行交互通信。因此，应选择A选项。

答案：A

【例2-4】Visual Basic 标准工具栏中的工具按钮不能执行的操作是 _____。

A. 添加工程   B. 运行程序

C. 打印程序   D. 打开工程

例题分析：本题考核的是标准工具栏中的工具按钮。在 Visual Basic 中，标准工具栏中的工具按钮有7组，但不包括"打印程序"按钮，这一点和 Windows 下的其他程序有所不同。

答案：C

【例2-5】用键盘打开菜单和执行菜单命令，首先应按下的键是 _____。

A. 功能键〈F10〉或〈Alt〉   B.〈Shift + F4〉

C.〈Ctrl〉或功能键〈F8〉   D.〈Ctrl + Alt〉

例题分析：本题考核的是在不使用鼠标时，如何执行菜单命令。Windows 下的应用程序用键盘打开菜单和执行菜单命令时，首先应按下的键都是〈F10〉或〈Alt〉。

答案：A

【例2-6】不在"文件"下拉菜单中的操作命令是 _____。

A. 建立工程   B. 打开工程

C. 运行工程   D. 移除工程

例题分析：本题考核的是对"文件"菜单的理解。"文件"菜单的功能是文件管理，包括新建、打开、添加、移除、保存、打印，但不包含运行工程。

答案：C

【例2-7】新建工程的快捷键是 _____。

A.〈Ctrl + O〉   B.〈Ctrl + N〉

C.〈Alt + O〉   D.〈Alt + N〉

例题分析：本题考核的是如何使用"文件"菜单所对应的快捷键。快捷键是由〈Ctrl〉键加上一个字母键组成，由此答案 C、D 被排除，"N"是"New"的词头，"O"是"Open"的词头，因此应选择B选项。

答案：B

【例2-8】Visual Basic 开发环境包括3种工作状态，是 _____。

A. 窗体设计模式、代码编写模式、属性设置模式

B. 工程管理模式、窗体布局模式、对象浏览模式

C. 设计模式、中断模式、运行模式

D. 固定工具栏模式、添加控件模式、浮动工具栏模式

例题分析：本题考核的是对 Visual Basic 开发环境的了解程度，选项A说的是程序设计步骤，选项B说的是开发环境窗口，选项D说的是工具栏的模式。

答案：C

【例2-9】复制控件到窗体左上角的组合键是 _____。

A.〈Ctrl + C〉   B.〈Ctrl + V〉

C. 先用〈Ctrl + C〉，然后用〈Ctrl + V〉　　D. 先用〈Ctrl + V〉，然后用〈Ctrl + C〉

例题分析：本题考核控件的基本操作。"C"是"Copy"的词头，"V"取自于单词"Move"。通常的操作应该是"先复制，后粘贴"。

答案：C

【例2-10】哪种 Visual Basic 程序可以在 Windows 下直接运行 _____。

A. VBP

B. BAS

C. EXE

D. FRM

相关知识：Visual Basic 程序是解释程序。编程时，解释生成伪代码；执行时，解释变成目标码。但系统提供了生成 EXE 可执行文件的功能。

例题分析：本题考核的是对 Visual Basic 的各类文件的认识。VBP 是工程文件，FRM 是窗体文件，BAS 是标准模块文件，它们都不能脱离 Visual Basic 环境运行，而只有 EXE 是可执行文件，可以脱离 Visual Basic 环境，在 Windows 下直接运行。

答案：C

【例2-11】关于 Visual Basic 应用程序正确的表述是 _____。

A. Visual Basic 程序运行时，总是等待事件被触发

B. Visual Basic 程序运行时是顺序执行的

C. Visual Basic 程序设计的核心是编写事件过程的程序代码

D. Visual Basic 程序的事件过程是系统预先设计好的，事件是用户随意定义的

例题分析：本题考核可视化程序设计的基本概念。

不难判断，选项 A 是正确的。Visual Basic 程序没有明显的起点和终点，因此 B 选项是错误的；编写事件过程的程序代码只是程序设计的一个步骤，因此 C 选项也是错误的；D 选项叙述颠倒了。

答案：A

【例2-12】关于属性叙述错误的是 _____。

A. 属性值可以是由用户定义的数据

B. 属性名称是由用户定义的

C. 属性用来描述对象的性质

D. 同一种对象具有相同的属性

例题分析：本题考核"对象"及其"属性"的基本知识。属性是对象的特征，不同对象具有不同属性，用户可以任意修改属性值，因此选项 A、C、D 都是正确的。"属性名称"是由系统定义的。

答案：B

【例2-13】关于 Visual Basic"方法"的概念，叙述错误的是 _____。

A. 方法是对象的一部分

B. 方法是预先定义好的操作

C. 方法是对事件的响应

D. 方法用于完成某些特定功能

例题分析：本题考核事件和方法的概念。

对象是属性、方法和事件的集成，由此判断 A 选项是正确的；方法是特殊的过程和函

数，因此 B 选项和 D 选项是正确的；事件过程是对事件的响应，由此判断方法不能响应事件，因此 C 选项是错误的。

答案： C

【例 2-14】 关于 Visual Basic "面向对象" 编程的叙述，错误的是 _____。

A. 属性是描述对象的数据

B. 方法指示对象的行为

C. 事件是能被对象识别的动作

D. "面向对象" 是 Visual Basic 的编程机制

例题分析： 本题考核 "对象" 三要素的概念和 "面向对象" 编程的基本知识。

对象是属性、方法和事件的集成，属性是对象的特性，方法是特殊的过程和函数，事件是预先定义好的能被对象识别的动作，因此选项 A、B、C 是正确的。"面向对象" 是一种程序设计思想，"可视化" 是一种程序设计方法，"事件驱动" 是一种编程机制。

答案： D

【例 2-15】 在代码窗口编辑代码时，能自动提供下拉列表，并显示控件的属性和方法供用户选择的是 _____。

A. 自动显示快速信息   B. 自动语法检查

C. 要求声明变量   D. 自动列出成员特性

例题分析： 本题考核对 Visual Basic 代码编辑器的了解程度。

"自动显示快速信息" 是自动显示关于函数及其参数的信息，"自动语法检查" 是自动检查代码的语法错误，"要求声明变量" 是强制显示声明变量，只有 "自动列出成员特性" 才能自动显示控件的属性和方法。

答案： D

【例 2-16】 移动控件的组合键是 _____。

A. 〈Ctrl〉 + "方向箭头"   B. 〈Shift〉 + "方向箭头"

C. 〈Alt〉 + "方向箭头"   D. 空格键 + "方向箭头"

例题分析： 本题考核控件的基本操作。

答案： A

【例 2-17】 关于属性、方法、事件概念叙述错误的是 _____。

A. 一个属性总是与某一个对象有关

B. 一个事件总是与某一个对象相关

C. 一个方法隶属于一个对象

D. 事件由对象触发，而方法是对事件的响应

例题分析： 本题考核对象、事件、方法、属性的基本知识。

对象是属性、事件、方法的集成，因此选项 A、B、C 都是正确的。事件是能被对象识别的动作，事件过程是对事件的响应。

答案： D

【例 2-18】 要选择多个控件，应按住 _____ 键，然后单击每个控件。

A. 〈Ctrl〉   B. 〈Tab〉

C. 〈Alt〉   D. 空格键

例题分析：本题考核控件的基本操作。

答案：A

【例2-19】下述 _____ 方法不能打开代码窗口。

A. 双击窗体或已建立好的控件

B. 选择"视图 | 代码窗口"命令

C. 按下〈F5〉键

D. 单击工程资源管理器窗口中的"查看代码"按钮

例题分析：本题考核打开代码窗口的方法。

答案：C

【例2-20】下述可以打开属性窗口的操作是 _____。

A. 鼠标双击窗体的任何部位   B. 选择"工程 | 属性窗口"命令

C. 按下〈Ctrl + F4〉组合键   D. 按下〈F4〉键

例题分析：本题考核打开属性窗口的方法。单击"工具栏"上的属性按钮，选择"视图 | 属性窗口"，或按下〈F4〉键都可以打开属性窗口。

答案：D

2.3 实验指导

2.3.1 实验1 Visual Basic 集成开发环境

1. 实验目的

熟悉 Visual Basic 的集成开发环境。

2. 实验内容

（1）用不同的方法执行"打开工程"命令

1）单击工具栏上的"打开工程"按钮。

2）按下〈Ctrl + O〉组合键。

3）按下〈F10〉键或〈Alt〉键，然后按下回车键；选择"文件 | 打开工程"命令；按下〈O〉键。此三种方法均可打开"打开工程"对话框，如图2-1所示。

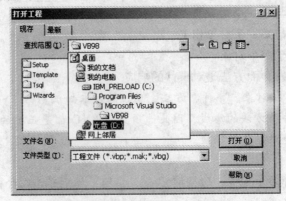

图2-1   "打开工程"对话框

（2）打开和关闭窗口

1）观察"工程资源管理器"窗口中列出的文件。

● 工程文件（.vbp）。

● 窗体文件（.frm）。

提示：还可以有其他类型的文件，如标准模块文件（.bas）、类模块文件（.cls）等。

2）关闭"工程资源管理器"窗口。

● 单击"工程资源管理器"窗口右上角的"关闭"按钮。

● 右击窗口的标题栏，在弹出的快捷菜单中选择"关闭"命令。

3）再次打开"工程资源管理器"窗口。

● 单击工具栏上的"工程资源管理器"按钮。

● 选择"视图 | 工程资源管理器"命令。

● 按下〈Ctrl + R〉组合键。

提示："工程资源管理器"窗口也称为"工程窗口"。

4）打开"窗体设计器"窗口。

● 在"工程资源管理器"窗口中双击要打开的窗体。

● 在"工程资源管理器"窗口中选择要打开的窗体，单击"查看对象"按钮。

● 按下〈Shift + F7〉组合键。

提示：还可以用选择"视图 | 对象窗口"命令的方法打开"窗体设计器"窗口。

5）打开"属性"窗口。

● 单击工具栏上的"属性窗口"按钮。

● 选择"视图 | 属性窗口"命令。

● 按下〈F4〉键。

2.3.2 实验2 设计具有清除和结束功能的简单加法器

1. 实验目的

1）了解控件的建立方法。

2）了解属性的设置方法。

3）了解代码的编写方法。

2. 实验内容

项目分析：程序运行结果如图2-2所示。程序运行后，分别在用户界面中的"数1"和"数2"两个文本框中输入一个任意的数，单击"相加"按钮，将会在"和"文本框中显示两个数相加的结果；单击"清除"按钮，将清除3个文本框中显示的内容；单击"退出"按钮，则结束程序。

项目设计：

1）启动 Visual Basic。

2）新建一个"标准 EXE"工程文件。

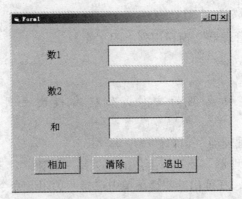

图 2-2 程序运行结果

3）设计用户界面。

首先在窗体上添加 3 个标签 Label1、Label2、Label3，3 个文本框 Text1、Text2、Text3，3 个命令按钮 Command1、Command2、Command3。

提示：单击工具箱中的控件图标，然后将鼠标指针移到窗体上，当鼠标指针变成十字形时，按住鼠标左键向右下角拖曳成适合大小的长方形，然后松开鼠标左键。

然后移动和缩放窗体上的控件，使用户界面看起来更整齐。

技巧：大小和位置大致调整好后，最好同时选择多个控件，然后依次选择"格式｜统一尺寸｜两者都相同命令"、"格式｜水平间距｜相同间距"命令、"格式｜垂直间距｜相同间距"命令，使选择的多个控件的尺寸统一，水平、垂直间距相等。

4）设置对象属性。

提示：标题属性应该一目了然，且有实际意义。

● 打开属性窗口。

提示：选择"视图｜属性窗口"。

思考：还有其他打开属性窗口的方法吗？

● 设置属性，如表 2-1 所示。

表 2-1 属性设置

对　象	属　性	属　性　值		
Label1	Caption	数 1		
	Font	Arial	常规	四号
Label2	Caption	数 2		
	Font	Arial	常规	四号
Label3	Caption	和		
	Font	Arial	常规	四号
Text1	Text	空		
	Font	Arial	常规	四号
Text2	Text	空		
	Font	Arial	常规	四号

对　象	属　性	属　性　值		
Text3	Text	空		
	Font	Arial	常规	四号
Command1	Caption	相加		
	Font	Arial	常规	四号
Command2	Caption	清除		
	Font	Arial	常规	四号
Command3	Caption	退出		
	Font	Arial	常规	四号

提示：

● 单击窗体上的某一控件，则属性窗口显示的就是该控件的属性。

● 双击属性窗口左列栏中的 Caption 属性，将其属性的当前值改为指定值。

技巧： 选中一个控件，按住〈Shift〉键，单击剩余的所有控件，双击属性窗口左列栏中的 Font 属性，在打开的"字体"对话框中将字体设置为"Arial"，字形设置为"常规"，字号设置为"四号"。

5）编写事件驱动代码。

提示： 命令按钮的事件是鼠标单击，鼠标单击触发的事件过程实现的功能是相加、清除和结束运行。

① 打开代码窗口。

技巧： 双击对象即可打开代码窗口。

思考： 还有其他打开代码窗口的方法吗？

② 添加代码。

提示： 对象是命令按钮 Command1、Command2 和 Command3，事件都是鼠标单击（Click）。

在代码窗口输入下面的程序语句：

```
Private Sub Command1_Click( )
    Text3. Text = Val( Text1. Text) + Val( Text2. Text)
End Sub
Private Sub Command2_Click( )
    Text1. Text = " "
    Text2. Text = " "
    Text3. Text = " "
End Sub
Private Sub Command3_Click( )
    End
End Sub
```

思考：

● 清除代码为 Text1. Text = 0，结果如何？

● 清除代码为 Text1. Text = clear，结果如何？

提示：

● End 语句是关键词，功能是结束程序运行。

● 如果选择了自动列出成员功能，则当在代码中输入一个控件名并跟有一个句点时，程序将自动列出下拉列表显示这个控件的属性。此时输入属性名的前几个字母，就可以从下拉列表中选择该属性名，按〈Tab〉键即可完成输入。

思考：输入代码的过程中注意观察语句颜色的变化，如果故意将 Text 写成 Ttxt 结果如何？

③ 查询代码。

提示：在代码窗口的左下角有两个按钮，如果单击左边的"过程查看"按钮，则代码窗口中只显示当前过程代码；如果单击右边的"全模块查看"按钮，则代码窗口中显示当前模块中所有过程的代码。

④ 关闭代码窗口。

6）运行程序。

提示：

● 单击工具栏上的启动 ▸ 按钮，运行程序。

● 选择"运行 | 启动"命令，或按下〈F5〉键都可以运行程序。

7）保存文件。

单击工具栏中的"保存工程"按钮 ■，或选择"文件 | 保存工程"命令，将先后弹出两个保存对话框，第一个为"文件另存为"对话框，用来保存窗体文件，如图 2-3 所示。在"文件名"文本框中输入"简单加法器"，然后单击"保存"按钮。

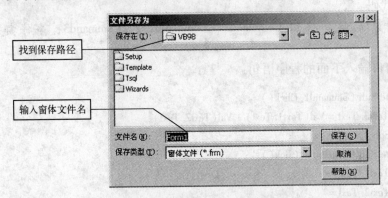

图 2-3　"文件另存为"对话框

第二个对话框为"工程另存为"对话框，用来保存工程文件，如图 2-4 所示。在"文件名"文本框中输入"简单加法器"，然后单击"保存"按钮。

提示：通过上面的保存过程可以看出保存这个程序需要两个文件，分别是窗体文件（简单加法器 . frm）和工程文件（简单加法器 . vbp），图标如图 2.5 所示。下一次打开程序时，直接双击该程序的工程文件即可。

如果对已保存的程序进行了修改（包括界面和代码），需要再次保存程序，可以单击工具栏中的"保存工程"按钮 ■，但是并不会弹出保存对话框，而是直接在原有文件上进行更新。

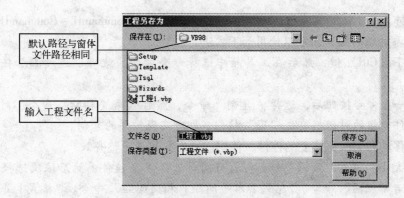

图2-4 "工程另存为"对话框

8）生成可执行文件。

要使程序能在 Windows 环境下直接运行，就必须创建可执行文件。

提示：选择"文件 | 生成简单加法器.exe"命令。

在 Windows 环境下运行时，只需在"资源管理器"中找到该文件，双击该文件名即可。

9）退出 Visual Basic。

提示：选择"文件 | 退出"命令，即可退出 Visual Basic 环境。

10）查找刚刚存盘的程序。

提示：通过"资源管理器"或"我的电脑"可以看到如图2-5所示的图标。

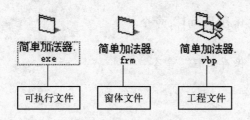

图2-5 程序文件图标

2.3.3 实验3 设计简单计算器的界面

1. 实验目的

1）熟悉 Visual Basic 程序界面的设计方法。

2）熟悉部分属性的设置方法。

2. 实验内容

项目分析：程序运行结果如图2-6所示。借鉴设计"简单加法器"界面的方法，设计一个简单计算器的界面。

项目设计：

1）新建工程。

提示：选择"文件 | 新建工程"命令，在"新建工程"对话框中选择"标准.EXE"，然后单击"确定"按钮。

2）设计用户界面。

图2-6 程序运行结果

- 在窗体上添加1个文本框Text1和19个命令按钮，Command1～Command19。

技巧：添加相同控件，可以使用如下方法。

- 先按下〈Ctrl〉键，然后在工具箱中选择命令按钮，就可以连续添加任意多个命令按钮。
- 添加一个命令按钮后，选择"复制"命令，然后选择"粘贴"命令，对提示是否建立控件数组的对话框单击"否"按钮，即可实现控件的复制。
- 适当移动和缩放窗体上的控件，使用户界面看起来更整齐。

技巧：大小和位置大致调整好后，最好同时选择多个控件，然后依次选择"格式|统一尺寸|两者都相同"命令、"格式|水平间距|相同间距"命令、"格式|垂直间距|相同间距"命令，使选择的多个控件的尺寸统一，水平、垂直间距相等。

3）设置对象属性。

- 将窗体的Caption属性设置为"计算器"。
- 将文本框的Text属性设置为空。
- 将命令按钮的Caption属性分别设置为"0、1、2、3、4、5、6、7、8、9、+、-、×、/、=、C、CE、end"。
- 设置所有命令按钮的Font属性。

技巧：选中所有命令按钮，双击属性窗口左列栏中的Font属性，在打开的"字体"对话框中将字体设置为"Arial"，字型设置为"粗体"，字号设置为"五号"。

4）保存窗体文件。

提示：选择"文件|保存Form1"命令。

5）保存工程文件。

提示：选择"文件|保存工程"命令。

6）退出Visual Basic。

第3章 常用控件和窗体

3.1 知识要点

1）对象的基本属性。
2）标签、文本框、命令按钮的使用。
3）窗体的属性、方法和事件。
4）多窗体的设计和组织。

3.2 相关知识与例题分析

3.2.1 选择题

【例3-1】用于设置字体样式为加下画线的语句是_____。

A. Label1. FontStrikethru = True

B. Label1. FontUnderline = True

C. Label1. FontItalic = True

D. Label1. FontBold = True

例题分析：4个选项中的属性均为逻辑型。FontBold属性值为True时，设置字体加粗；FontItalic属性值为True时，设置字体为斜体；FontStrikethru属性值为True时，设置文本加删除线；只有FontUnderline属性值为True时，设置文本加下画线。

答案：B

【例3-2】Visual Basic的所有控件都具有一个共同的属性，这个属性是_____。

A. Text   B. Font   C. Name   D. Caption

例题分析：Name属性是Visual Basic所有对象都具有的，在程序中用该属性代表对象本身，并且在程序运行时该属性不可以更改，即为只读属性。

答案：C

【例3-3】下列属性设置语句正确的是_____。

A. Form1. Name = Form1. Caption

B. Form1. Caption = Form1. Name

C. Form1. Enabled = " True"

D. Form1. BorderStyle = 6

例题分析：Name属性只能在属性窗口中设置，不能用程序代码的方法设置，所以选项A错误。Enabled属性值为逻辑值，选项C将它赋值为字符串型数据是错误的。BorderStyle属性用来确定边界类型，它的取值范围是0~5，不能为6，所以选项D错误。Caption属性

15

可以在程序中进行设置，而且与 Name 属性同为字符串型，所以选项 B 正确。

答案：B

【例 3-4】下列属性值是数值型的是_____。

A. Caption　　　B. ForeColor　　C. Enabled　　　D. Visible

例题分析：本题中 Enabled 属性和 Visible 属性值均为逻辑型，Caption 属性值为字符串型。ForeColor 属性值为一个十六进制数，所以它是数值型。

答案：B

举一反三：下列窗体属性值均为逻辑型的是_____。

A. Name，Caption

B. MaxButton，MinButton

C. FontSize，FontBold

D. BorderStyle，WindowState

例题分析：Name、Caption 属性值均为字符串型；FontSize 属性值为整型，FontBold 属性值为逻辑型；BorderStyle、WindowState 属性值均为数值型；只有 MaxButton、MinButton 属性值均为逻辑型。

答案：B

【例 3-5】为了防止用户随意将光标置于控件之上，需要做的工作是_____。

A. 将控件的 Enabled 属性设置为 False

B. 将控件的 TabStop 属性设置为 False

C. 将控件的 TabStop 属性设置为 True

D. 将控件的 TabIndex 属性设置为 0

例题分析：要防止用户随意将光标置于控件之上，就要使控件变为不可用，所以只需把可用属性 Enabled 设置为 False。

答案：A

【例 3-6】只能用来显示文字信息的控件是_____。

A. 文本框　　　B. 标签　　　　C. 图片框　　　D. 图像框

例题分析：文本框可输入和显示文字，标签只能显示文字，图片框和图像框可以显示文字和图像。

答案：B

【例 3-7】窗体上有一个名为 Label1 的标签，为了使该标签透明并且没有边框，正确的属性设置是_____。

A. Label1. BackStyle = 0　　　　　B. Label1. BackStyle = 1
　　Label1. BorderStyle = 0　　　　　　Label1. BorderStyle = 1

C. Label1. BackStyle = True　　　　D. Label1. BackStyle = False
　　Label1. BorderStyle = True　　　　　Label1. BorderStyle = False

相关知识：BackStyle 属性值为 0 表示控件透明显示，为 1 表示不透明显示，可为控件设置背景颜色。BorderStyle 属性值为 0 表示控件没有边框，为 1 表示控件有单边框。还有一些控件也具有 BackStyle 属性和 BorderStyle 属性，如图片框、图像框、文本框和框架等。

例题分析：BackStyle 和 BorderStyle 属性值均为数值型，所以选项 C 和 D 不正确。

答案：A

【例3-8】下列属性中，文本框控件不具有的属性是_____。

A. BackColor   B. Caption   C. Enabled   D. Visible

例题分析：Caption 属性是许多控件都具有的属性，但是文本框不具有这个属性。不具有 Caption 属性的控件还有组合框、列表框、滚动条和计时器等。

答案：B

【例3-9】下列属性中，与文本框中文本显示无关的属性是_____。

A. BorderStyle   B. Alignment   C. Multiline   D. Maxlength

例题分析：MultiLine 属性用来设置文本框中是否可以输入多行文本。Maxlength 属性用来设置文本框中能够输入的正文内容的最大长度。Alignment 属性用来设置文本的对齐方式。BorderStyle 属性用来设置边框样式。

答案：A

【例3-10】文本框控件的下列属性中，是只读属性的是_____。

A. Enabled   B. Multiline   C. Height   D. Text

相关知识：如果一个属性只能在属性窗口中设置，不能在程序中用代码方法设置，那么这个属性就称为只读属性。

例题分析：4 个选项中只有 Multiline 属性是只读属性。文本框的 ScrollBars 属性也是只读属性，另外所有控件都具有的 Name 属性也是只读属性。

答案：B

【例3-11】若要设置文本框中所显示的文本颜色，使用的属性是_____。

A. BackColor   B. FillColor   C. ForeColor   D. BackStyle

例题分析：BackColor 属性决定背景色，FillColor 属性决定画图时的填充色，ForeColor 属性决定文本和画笔的颜色，BackStyle 属性决定背景图案。

答案：C

举一反三：所有控件上显示的文字或线条的颜色都可通过设置 ForeColor 属性（前景色）来实现。

【例3-12】使用 Textbox 控件时，要对用户输入内容进行立即检查，应对 Textbox 控件的_____事件编程。

A. Change   B. Interval   C. Left   D. Top

例题分析：程序运行时，如果向文本框中输入了字符，会马上触发文本框的 Change 事件，所以可以把一些具有检查功能的程序放在此事件过程中，每当输入内容时就执行此过程，对文本内容进行检查。

答案：A

举一反三：组合框、驱动器列表框、目录列表框控件都具有 Change 事件。

【例3-13】要使在文本框中输入的密码在文本框中只显示#号，则应当在此文本框的属性窗口中设置_____。

A. Text 属性值为" #"   B. Caption 属性值为" #"

C. Password 属性值为" #"   D. Passwordchar 属性值为" #"

例题分析：Text 属性表示文本框的内容，文本框不具有 Caption 属性和 Password 属性。

答案：D

【例 3-14】能在文本框 Text1 中显示 "123" 的语句是_____。

A. Text1. Visible = "123"　　　　　　B. Text1. Text = "123"

C. Text1. Name = "123"　　　　　　　D. Text1. Enabled = "123"

例题分析：文本框的 Visible 属性功能是设置文本框控件是否可见，属性值为逻辑型。Name 属性标识对象的名称在程序中是只读的。Enabled 属性决定对象是否有效，属性值为逻辑型。Text 属性用来设置文本框中显示的文本。

答案：B

【例 3-15】下面属性中，只有命令按钮才有的是_____。

A. Name 和 Caption　　　　　　　　B. Enabled 和 Visible

C. Style 和 BorderStyle　　　　　　D. Cancel 和 Default

例题分析：Cancel 和 Default 属性是只有命令按钮才具有的属性。

答案：D

【例 3-16】为了使命令按钮（名称为 Command1）右移 200，应使用的语句是_____。

（2005 年 4 月全国计算机等级考试二级 Visual Basic 笔试试卷 16 题）

A. Command1. Move － 200　　　　B. Command1. Move 200

C. Command1. Left = Command1. Left +200　　D. Command1. Left = Command1. Left － 200

例题分析：命令按钮的 Move 方法后面的参数，是命令按钮移动后的坐标而不是移动的距离。当命令按钮的 Left 值增加时，命令按钮向右移动。

答案：C

【例 3-17】命令按钮能响应的事件是_____。

A. DblClick　　　B. Click　　　C. Load　　　D. Scroll

例题分析：命令按钮不支持 DblClick 双击事件，Load 事件是窗体独有的，Scroll 事件是滚动条的滚动事件。

答案：B

【例 3-18】下列关于命令按钮的叙述正确的是_____。

A. 命令按钮的 Caption 属性决定按钮上显示的内容

B. 单击 Visual Basic 应用程序中的命令按钮，会触发它的 Change 事件

C. 命令按钮的 Name 属性决定按钮上显示的内容

D. 以上都不对

例题分析：命令按扭没有 Change 事件，Name 属性用于在程序中标识每个对象的名称，不能显示，而要在命令按扭上显示文字，则需要设置它的 Caption 属性。

答案：A

【例 3-19】要在按回车键时执行某个命令按钮的事件过程，需要把该命令按钮的一个属性设置为 True，这个属性是_____。

A. Value　　　B. Default　　　C. Cancel　　　D. Enabed

答案：B

【例 3-20】要在按下〈Esc〉键时终止执行某个命令按钮的事件过程，需要把该命令按钮的_____属性设置为 True。

A. Value   B. Default   C. Cancel   D. Enabled

答案：C

【例3-21】当双击窗体Form1时，将窗体Form1隐藏，窗体Form2显示出来的事件过程是_____。

A. Private Sub Form_DblClick( )   B. Private Sub Form_DblClick( )
   Form1. Enabled = False   Form1. Enabled = True
   Form2. Enabled = True   Form2. Enabled = False
End Sub   End Sub

C. Private Sub Form_DblClick( )   D. Private Sub Form_DblClick( )
   Form1. Hide   Form1. Visible = True
   Form2. Show   Form2. Visible = False
End Sub   End Sub

相关知识：用 Hide 方法隐藏窗体时，窗体的 Visible 属性会自动设置为 False。当 Visible 属性重新设置为 True 时，窗体会重新显示出来。

例题分析：显示与隐藏窗体不能通过窗体的 Enabled 属性来实现，所以选项 A 和选项 B 都是不正确的。Hide 方法和 Show 方法可以实现窗体的隐藏和显示，选项 C 正确。通过设置窗体的 Visible 属性也可以实现窗体的显示与隐藏，正确的设置应该为：

   Form1. Visible = False
   Form2. Visible = True

所以选项 D 也不正确。

答案：C

【例3-22】为了取消窗体的最大化功能，需要把它的一个属性设置为 False，这个属性是_____。

A. ControlBox   B. MinButton   C. Enabled   D. MaxButton

例题分析：ControlBox 属性决定窗体是否有控制菜单，MinButton 属性决定窗体是否具有最小化按钮，Enabled 属性决定窗体是否可用。MaxButton 属性值为 True 时，表示窗体有最大化按钮。

答案：D

【例3-23】如果希望一个窗体在显示的时候没有边框，应该设置的属性是_____。

A. 将窗体的 Caption 属性设置为空

B. 将窗体的 Enabled 属性设置为 False

C. 将窗体的 BorderStyle 属性设置为 None

D. 将窗体的 ContolBox 属性设置为 False

例题分析：窗体的边框样式有多种，由 BorderStyle 属性来决定，对应关系见教材相关内容。

答案：C

【例3-24】当窗体上文字或图形被覆盖，最小化后能恢复原貌，需要设置窗体的属性是_____。

A. Appearance　　　　B. Visible　　　　C. Enabled　　　　D. AutoRedraw

例题分析：一般绘图操作是在窗体的 Paint 事件过程中进行的，因为每当窗体内的图形被覆盖或最小化后，该事件过程都能触发 Paint 事件进行自动重画。如果绘图操作不是在窗体的 Paint 事件过程中进行的，那么窗体的 AutoRedarw 属性必须设置为 True，否则图形不会被重画。

答案：D

【例 3-25】当窗体被装入内存时，系统将自动执行_____事件过程。

A. Load　　　　　　B. Activate　　　　C. Unload　　　　D. QueryUnload

例题分析：当程序运行时，操作系统先把窗体装入内存（即 Load 事件），然后再显示；在程序运行过程中，如果窗体被激活，则发生 Activate 事件；而关闭窗体时，会相继发生 QueryUnload 事件和 Unload 事件。

答案：A

【例 3-26】确定一个窗体或控件大小的属性是_____。

A. Appearance　　　　　　　　　　B. Width 和 Height
C. Top 或 Left　　　　　　　　　　D. Top 和 Left

答案：B

【例 3-27】下面关于多重窗体的叙述中，正确的是_____。

A. 作为启动对象的 Main 子过程只能放在窗体模块中

B. 如果启动对象是 Main 子过程，则程序启动时不加载任何窗体，以后由该过程根据不同情况决定是否加载窗体

C. 没有启动窗体，程序不能运行

D. 以上都不对

例题分析：作为启动对象的 Main 过程不能放在窗体模块中，而必须放在标准模块中，选项 A 错。在 Main 过程中，可以使用 Load 方法加载窗体，或直接使用 Show 方法显示窗体，选项 B 对。Visual Basic 程序可以由 Main 过程启动并结束，期间可以不显示任何窗体，选项 C 错。

答案：B

【例 3-28】窗体 Form1 在屏幕上显示后，_____语句不能清除它。

A. Form1. Hide　　　　　　　　　　B. Form1. Visible = False
C. Unload Form1　　　　　　　　　　D. Form1. Show

例题分析：窗体的 Hide 方法和语句 Form1. Visible = False 可以把窗体从屏幕上清除，但不能从内存中清除窗体。Unload 方法可以把窗体从屏幕和内存中彻底清除。窗体的 Show 方法是显示窗体，功能恰恰相反。

答案：D

【例 3-29】窗体的隐藏和删除分别用在不同的场合，隐藏 Form1 和删除 Form1 的命令分别是_____。

A. Hide Form1，Unload Form1　　　　B. Form1. Hide，Form1. Unload
C. Form1. Hide，Unload Form1　　　　D. Hide Form，Form1. Unload

答案：C

【例 3-30】若要将窗体 Form1 的标题栏文本改为"欢迎使用本软件!",下列语句正确的是_____。

A. Form1. Name = "欢迎使用本软件!"

B. Form1 Caption = "欢迎使用本软件!"

C. Set Form1. Caption = "欢迎使用本软件!"

D. Form1. Caption = "欢迎使用本软件!"

相关知识：窗体标题由 Caption 属性决定。当窗体运行时，该属性的值将显示在窗体的标题栏中。

例题分析：在程序中修改属性值要用赋值语句，Caption 属性值为字符串型。引用控件属性的一般格式为：控件名 . 属性名。选项 A 修改的是窗体的 Name 属性，选项 B 缺少"."，选项 C 是错误的。

答案：D

【例 3-31】在 Visual Basic 工程中，可以作为启动对象的程序是_____。

A. 任何窗体或标准模块

B. 任何窗体或过程

C. Sub Main 过程或其他任何模块

D. Sub Main 过程或任何窗体

例题分析：在工程中，只有窗体和 Sub Main 过程可以作为启动对象。

答案：D

【例 3-32】假定一个 Visual Basic 应用程序由一个窗体模块和一个标准模块构成。为了保存该应用程序，以下正确的操作是_____。

A. 只保存窗体模块文件

B. 分别保存窗体模块、标准模块和工程文件

C. 只保存窗体模块和标准模块文件

D. 只保存工程文件

例题分析：保存 Visual Basic 程序时，工程、窗体和标准模块都有各自独立的文件。

答案：B

【例 3-33】如果一个工程含有多个窗体及标准模块，则以下叙述中错误的是_____。

A. 任何时刻最多只有一个窗体是活动窗体

B. 不能把标准模块设置为启动模块

C. 用 Hide 方法只是隐藏一个窗体，不能从内存中清除该窗体

D. 如果工程中含有 Sub Main 过程，则程序一定首先执行该过程

例题分析：工程中即使有 Sub Main 过程，Sub Main 过程也不一定作为启动过程。A、B、C 这 3 个选项的结论都是正确的。

答案：D

3.2.2 填空题

【例 3-34】在窗体上添加一个名称为 Text1 的文本框和一个名称为 Label1 的标签，要求如下程序运行时，在文本框中输入的内容立即在标签中显示：

```
Private Sub Text1_ _____( )
    Label1. Caption = Text1. Text
End Sub
```

例题分析：若要在文本框中输入内容时立即执行某些操作，应该使用 Change 事件。

答案：Change

【例 3-35】 在窗体上添加一个文本框，然后编写如下两个事件过程：

```
Pribate Sub Form1_Click( )
    Text1. Text = "VB 程序设计"
End Sub
Pribate Sub Text1_Change( )
    Form1. Print" VB Programming"
End Sub
```

程序运行后，单击窗体，文本框中显示的内容是_____[1]_____，窗体上显示的内容是_____[2]_____。

相关知识：Click 事件、Change 事件及窗体 Print 方法的使用。

例题分析：单击窗体激发 Click 事件过程，这时将"VB 程序设计"赋值给文本框的 Text 属性，在文本框中显示"VB 程序设计"；文本框内容改变，激发 Change 事件过程，这时将利用窗体的 Print 方法在窗体上输出"VB Programming"。

答案：[1] VB 程序设计，[2] VB Programming

【例 3-36】 在窗体中添加一个命令按钮，名称为 Command1，两个文本框名称分别为 Text1、Text2，然后编写如下程序：

```
Private Sub Command1_Click( )
    A = Text1. Text
    B = Text2. Text
    C = LCase( a )
    D = UCase( b )
    Print C & D
End Sub
```

程序运行后，在文本框 Text1、Text2 中分别输入 AbC 和 Efg，然后单击"Command1"按钮，窗体上显示的结果是_____[1]_____。

相关知识：函数 LCase( ) 的功能是将大写字母转换为小写字母，UCase( ) 的功能是将小写字母转换为大写字母。

例题分析：第 4 行把 a 中的内容"AbC"转换为小写的"abc"，再赋值给 C，同理 D 的内容为 EFG，第 6 行把 C 和 D 的值连接后输出。

答案：[1] abcEFG

【例 3-37】 假定建立了一个工程，该工程包括两个窗体，其名称（Name 属性）分别为 Form1 和 Form2，启动窗体为 Form1。在 Form1 上添加一个命令按钮 Command1，程序运行后，要求当单击命令按钮时，Form1 窗体消失，显示窗体 Form2，请将程序补

22

充完整。

```
Private Sub Command1_Click( )
        [1]     Form1
    Form2.    [2]
End Sub
```

　　例题分析：若使 Form1 消失，需要使用 Unload 方法，显示窗体用 Show 方法。

　　答案：[1] Unload　　　[2] Show

　　【例 3-38】 下面程序的功能是当窗体装入时，窗体上显示"欢迎你" 3 个字。请将下列程序补充完整。

```
Private Sub Form    [1]    ( )
    Form1. Show
        [2]    "欢迎你"
End Sub
```

　　例题分析：若要装入窗体时执行程序，必须把程序放在 Load 事件过程中。

　　答案：[1] Load　　　[2] Print

3.3　实验指导

3.3.1　实验 1　标签的使用

　　1. 实验目的

　　掌握标签的属性。

　　2. 实验内容

　　项目说明：设计一个程序，在窗体上添加一个标签 Label1。通过设置窗体和标签的属性（在属性窗口中设置，不编写代码），实现如下功能。

　　1) 窗体的标题为"设置标签属性"。

　　2) 标签的位置：距窗体左边界 500，距窗体顶边界 300。

　　3) 标签的标题为"上机实验"。

　　4) 标签可以根据标题的内容自动调整大小。

　　5) 标签带有边框。

　　程序运行界面如图 3-1 所示。

　　项目分析：窗体和标签的标题属性都是 Caption 属性，标签的位置由 Top 和 Left 属性决定。标签自动调整大小，需要设置 Autosize 属性，边框需设置 Borderstyle 属性。

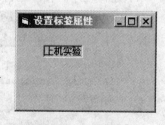

图 3-1　运行界面

　　项目设计：

　　1) 创建界面。在窗体 Form1 上添加一个标签 Label1。

　　2) 设置属性。在属性窗口中设置属性，见表 3-1。

表 3-1 属性设置

对　象	属　性	属　性　值
Form1	Caption	设置标签属性
Label1	Caption	上机实验
	Left	500
	Top	300
	Autosize	True
	Borderstyle	1

3.3.2　实验2　文本框的使用

1. 实验目的

掌握文本框的属性、事件和方法。

2. 实验内容

项目说明：设计一个程序，程序设计界面如图 3-2 所示。程序运行时，在第一个文本框 Text1 中输入每一个字符时，立即在第二个文本框 Text2 中显示相同的内容。文本框的字体均为"隶书"。

项目分析：文本框的字体属性可以在属性窗口设置。当在 Text1 中输入字符时，发生 Text1 的 Change 事件，在此事件过程中使 Text2 的 Text 属性与 Text1 相同。

项目设计：

1）创建界面。在窗体上添加 2 个文本框。

2）设置属性。在 Text1 和 Text2 的 Font 属性中选择字体为"隶书"。将两个文本框的 Text 属性设置为空。

提示：可以通过属性窗口对其进行设置。

3）编写代码。

```
Private Sub Text1_Change( )
    Text2. Text = Text1. Text
End Sub
```

4）运行程序。程序运行后，在 Text1 中输入"程序设计"，结果如图 3-3 所示。

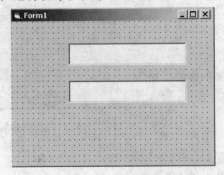
图 3-2　控件设计

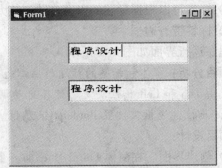
图 3-3　运行界面

3.3.3 实验3 单词测试器

1. 实验目的

掌握标签、文本框和命令按钮的属性。

2. 实验内容

项目说明：编写单词测试器程序。

当程序运行时，在文本框中输入英文单词，然后单击"确认"按钮或按回车键，程序会判断输入单词是不是"apple"。如果输入正确，则显示"Good!"，错误则显示"Try again!"

当单击"退出"按钮或按〈Esc〉键时，退出程序。程序运行结果如图3-4所示。

项目设计：

1）创建界面。在窗体上添加3个标签（Label1 ~ Label3）、1个文本框（Text1）、2个命令按钮（Command1、Command2）。

2）设置属性。属性设置如表3-2所示。

图3-4 单词测试器运行结果

表3-2 属性设置

对　象	属　性	属　性　值
Label1	Caption	这是一个测试
Label2	Caption	请输入苹果的英文单词：
Label3	Visible	False
Command1	Caption	确认
	Default	True
Command2	Caption	退出
	Cancel	True
Text1	Text	空

3）编写代码。

```
Private Sub Command1_Click( )
    If Text1. Text = "apple" Then
        Label3. Caption = "Good!"
    Else
        Label3. Caption = "Try again!"
    End If
    Label3. Visible = True
End Sub
Private Sub Command2_Click( )
    End
```

End Sub

3.3.4　实验4　综合实验

1. 实验目的

掌握多窗体编程方法。

2. 实验内容

项目说明：这是一个学习系统的注册及登录界面，利用已经学习的内容完成登录界面的部分设计。该工程包含3个窗体，分别为"欢迎"、"注册"和"登录"窗体。3个窗体界面如图3-5～图3-7所示。

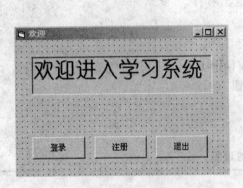

图 3-5　Form1 界面

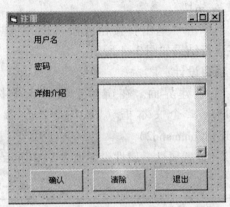

图 3-6　Form2 界面

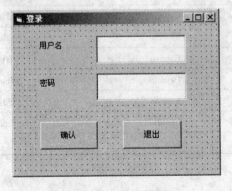

图 3-7　Form3 界面

项目分析：这是一个需要添加多个窗体的程序。首先向工程添加3个窗体，然后分别在每个窗体上添加控件，并设置控件属性。

项目设计：

1）新建工程，系统自动创建 Form1，再向工程添加2个窗体，Form2 和 Form3。

提示：选择"工程 | 添加窗体"命令，在弹出的对话框中选择"窗体"，然后单击"打开"按钮，此时"工程管理器"窗口添加了一个新窗体 Form2。

2）创建界面。

在窗体 Form1 中添加1个标签和3个命令按钮。

26

在窗体 Form2 中添加 3 个标签、3 个文本框和 3 个命令按钮。

在窗体 Form3 中添加 2 个标签、2 个文本框和 2 个命令按钮。

3）设置属性。所有窗体、标签和命令按钮的 Caption 属性如图 3-5～图 3-7 所示。文本框的 Text 属性全部为空。其他属性设置如表 3-3 所示。

表 3-3　属性设置

所属窗体	对　象	属　性	属 性 值	说　　明
Form1	Label1	BorderStyle	1 – Fixed	标签有边框
Form2	Text2	PasswordChar	*	以 * 显示密码
	Text3	MultiLine ScrollBars	True 2 – Vertical	文本框设置滚动条必须与 MultiLine 属性配合使用
Form3	Text2	PasswordChar MaxLength	* 8	最多允许输入 8 个字符

4）编写代码。请将程序中带"??"的部分替换为正确的语句命令，使程序完整。

Form1 中的事件代码：

```
Private Sub Command1_Click( )
    Form3. ??              '显示 Form3
    ?? Form1               '卸载 Form1
End Sub
Private Sub Command2_Click( )
    Form2. ??              '显示 Form2
    ?? Form1               '卸载 Form1
End Sub
Private Sub Command3_Click( )
    End
End Sub
```

Form2 中的事件代码：

```
Private Sub Command2_Click( )
    Text1. Text = " "
    Text2. Text = " "
    Text3. Text = " "
    Text1. ??                    '将焦点设置到 Text1 中
End Sub
Private Sub Command3_Click( )
    End
End Sub
```

Form3 中的事件代码：

```
Private Sub Command2_Click( )
    End
```

End Sub

其中 Form2 及 Form3 的"确认"按钮未编写程序代码。

5）保存工程。将 3 个窗体文件和一个工程文件保存在同一路径下。

提示：单击工具栏中的"保存"按钮▇，系统会首先弹出 Form3 保存对话框，修改保存路径以后单击对话框中的"保存"按钮，然后会依次自动弹出 Form2、Form1 和工程 1 保存对话框。

注意：打开多窗体程序时，一定要从工程文件打开，否则其他窗体将无法加载到工程中。

第4章 Visual Basic 程序设计基础

4.1 知识要点

1）语句和语法规则。
2）数据类型。
3）运算符和表达式。
4）常量和变量。
5）常用标准函数。

4.2 相关知识与例题分析

选择题

【例4-1】下面合法的标识符是_____。

A. Int   B. 3alpha   C. a * b   D. print_number

相关知识：标识符是用户自定义的名称，通常用于标记常量、变量、控件、函数和过程的名称。Visual Basic 中标识符的命名应遵循如下规则。

1）必须以字母或汉字开头。
2）只能由字母、汉字、数字和下画线组成，但不能直接使用 Visual Basic 的关键字。
3）不得超过 255 个字符，控件、窗体和模块的名称不能超过 40 个字符。
4）在标识符的有效范围内必须是唯一的。

例题分析：A 选项中，Int 是系统关键字，表示类型定义。B 选项由数字开头。C 选项含有运算符号。D 选项是合法的标识符。

答案：D

举一反三：标识符是用户自定义名称的统称。所有的变量、常量、控件、函数和过程的命名都必须遵循上述规则。

【例4-2】下列数值不属于 Visual Basic 允许形式的是_____。

A. 123.45E + 2   B. E12   C. 1.25E   D. 12E − 4

相关知识：Visual Basic 中用来表示数值的数据类型有整型和实型。

例题分析：A 选项为合法形式。E12 虽然没有给出尾数部分，但运算时不会出错，系统会将其作为 0。1.25E 没有给出指数部分，是错误的表示。D 选项为合法形式。

答案：C

【例4-3】以下关键字中，不能定义变量的是_____。

A. Public   B. Dim   C. Declare   D. Private

例题分析：Public 用于定义全局变量。Dim 用于定义局部变量或模块变量。Private 用于定义模块变量。Declare 不是定义变量的关键字。

答案：C

【例4-4】 下列把 num1 变量定义成双精度型变量的是_____。

A. num1 !　　　　　B. num1%　　　　　C. num1#　　　　　D. num1 $

相关知识：定义变量的数据类型可以使用声明语句，也可以使用类型说明符。

答案：C

【例4-5】 下列能够正确表示 3^{-r+2} 的是_____。

A. 3^r + 2　　　　B. 3^ - r + 2　　　　C. 3^ - r3^2　　　　D. 3^ (- r + 2)

例题分析：若写为 3^ - r * 3^2 也是正确的，乘号不能省略。

答案：D

【例4-6】 求 Sin65° 应使用的正确表达式为_____。

A. Sin(65)　　　　　　　　　　　B. Sin65

C. Sin(65°)　　　　　　　　　　D. Sin(65 * 3.14159/180)

相关知识：Sin、Cos、Tan、Atn 这 4 个三角函数分别返回参数的正弦、余弦、正切、反正切值，返回值为 Double 类型。其中 Sin、Cos 和 Tan 的参数必须为弧度值，例如，求30°的正弦值，不能写成 Sin(30)，必须把30°转化为弧度值，应写成 Sin(30 * 3.14159/180)，这样才能正确计算出30°的正弦值。

例题分析：本题需要注意的是，在使用三角函数 Sin、Cos 和 Tan 时，要先把角度值转化为弧度值。套用上面的例子，本题应写为 Sin(65 * 3.14159/180)。

答案：D

【例4-7】 表达式 Round(0.55) + Int(0.55) + Fix(0.55) 的值为_____。

A. 0　　　　　　B. 1　　　　　　C. 2　　　　　　D. 3

相关知识：取整和四舍五入函数。

Round(x,n) 将 x 四舍五入，保留 n 位小数。

Int(x) 求不大于 x 的最大整数。

Fix(x) 取整，截去小数部分。

例题分析：根据三个函数的功能得出 Round(0.55) 将 0.55 四舍五入为 1，Int(0.55) 返回不大于 0.55 的最大整数 0，Fix(0.55) 取 0.55 的整数部分 0，表达式的结果为 1。

答案：B

举一反三：表达式 Round(-0.55) + Int(-0.55) + Fix(-0.55) 的值为_____。

A. -1　　　　　　B. -2　　　　　　C. -3　　　　　　D. -4

答案：B

【例4-8】 下列能够正确表示 $x^2 + y^x$ 的表达式是_____。

A. 2^x + x^y　　　　　　　　　　B. x^2 + Exp(x)

C. x^2 + Exp(x * Log(y))　　　　D. Exp(2) + yExp(x)

相关知识：指数形式可以使用指数运算符^，也可以使用函数 Exp( ) 与 Log( ) 的组合，例如，y^x 可以写为 Exp(x * Log(y))。

答案：C

【例4-9】已知 string1 = "   Hello   ,   world!   ", 函数 Trim（string1）的结果是_____。

A. "Hello   ,world!   "　　　　　B. "   Hello   ,world! "

C. "Hello   ,world!"　　　　　　D. "Hello,world!   "

例题分析：函数 Trim（字符串表达式）的功能是删除字符串两端的空格字符，但不会删除字符串中间的空格。

答案：C

【例4-10】表达式 Left("You are welcome!",3)的值是_____。

A. You　　　　　B. are　　　　　C. wel　　　　　D. me!

例题分析：函数 Left(字符串表达式,n)的功能是从字符串的左端截取 n 的字符。本题中，函数 Left( )从字符串左端截取 3 个字符，所以应选 A。

答案：A

【例4-11】函数 Len(Space(4) + String(3,"c"))返回的值是_____。

A. 7　　　　　B. 9　　　　　C. 4　　　　　D. 3

相关知识：Len(字符串表达式) 求字符串的长度。一个汉字为一个字符，一个空格也为一个字符。Space(n)产生由 n 个空格组成的字符串。String(n,字符) 产生由 n 个指定字符组成的字符串。

例题分析：该表达式求由 4 个空格和 3 个"c"组成的字符串的长度，结果为 7。

答案：A

【例4-12】下列_____运算符是算术运算符。

A. Mod　　　　　B. And　　　　　C. >=　　　　　D. %

答案：A

【例4-13】下列运算符中，_____优先级最高。

A. *　　　　　B. Mod　　　　　C. \　　　　　D. ^

相关知识：算术运算符优先级从高到低的顺序为指数→负数→（乘、除）→整除→取模→（加、减），优先级高则先运算，但如果有括号则先运算括号内的表达式。

答案：D

举一反三：表达式 4 + 5 \ 6 * 7 / 8 Mod 9 的运算结果为_____。

A. 4　　　　　B. 5　　　　　C. 6　　　　　D. 7

例题分析：按照优先级的顺序，先计算 6 * 7/8，结果为 5.25；再计算 5 \5.25,5.25 需要先四舍五入为 5，结果为 1；然后计算 1 Mod 9，结果为 1；最后计算 4 + 1，结果为 5。

答案：B

【例4-14】有如下一组程序语句：

A = "11"

B = "22"

C = "33"

Print A + B + C

运行后的输出结果是_____。

A. "112233"　　　B. 112233　　　C. 66　　　　D. "66"

相关知识："+"两端的操作数同为字符串时，进行连接运算；同为数值或一个是数值而另一个是数字字符串时，进行加法运算；其他类型的操作数运算时会出错。

例题分析：变量 A、B、C 均为字符串型，所以表达式 A + B + C 的值是字符串"112233"，显然 C 选项和 D 选项错误，但在输出时不会输出字符串的定界符""""，因此 A 选项错误。

答案：B

【例 4-15】将下列字符串常量进行比较，最大的是_____。

A. "计算机"   B. "存储器"

C. "计算器"   D. "常量"

相关知识：比较汉字实际上是比较它们的拼音，从左至右逐个拼音字母进行比较，由其中第一个不相同的拼音字母的 ASCII 码值的大小决定汉字的大小。

答案：C

【例 4-16】如果变量 a = 2、b = "abc"、c = "acd"、d = 5，则表达式 a < d Or b > c And Not b <> c 的值是_____。

A. True   B. False   C. Yes   D. No

相关知识：逻辑运算符的优先级从高到低的顺序为 Not→And→Or。

例题分析：根据 a、b、c、d 的值可知 a < d 为 True，b > c 为 False，b <> c 为 True，因此得到 True Or False And Not True，按照优先级的顺序，表达式的结果为 True。

答案：A

【例 4-17】如果变量 a = 2、b = 3、c = 4、d = 5，则表达式 2 * a < b Or a <= c And b <> d 的值是_____。

A. True   B. False   C. Yes   D. No

答案：A

4.3　实验指导

1. 实验目的

1) 掌握 Visual Basic 数据类型的概念。

2) 掌握常量的概念、定义方法和定义域。

3) 掌握变量的概念和定义方法，熟悉静态变量的使用，掌握 Dim 与 Static 的区别。

4) 掌握一般标准函数的形式、功能和用法。

5) 掌握各种运算符的功能、表达式的构成、表达式中运算符的运算顺序和如何求表达式的值。

2. 实验内容

1) 按图 4-1 的方法练习常量的声明并测试其作用域。

提示：

● 新建一个工程，在 Form1 窗体中加入两个命令按钮 Command1 和 Command2。

● 按图 4-1 中代码窗口所示，输入相应代码。注意常量的声明位置，常量 a 在模块的声明段中声明，常量 b 在 Command2_Click( ) 事件过程中声明。

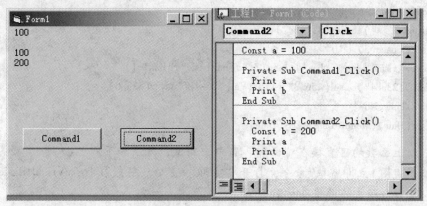

图 4-1　常量的声明

- 运行程序。先后单击窗体上的命令按钮 Command1 和 Command2，可以看到 4 行输出，观察输出内容。其中第 2 行没有内容，是因为常量 b 仅在 Command2_Click( ) 事件过程中有效。

2) 按图 4-2 的方法练习变量的声明，并测试 Dim 和 Static 的区别。

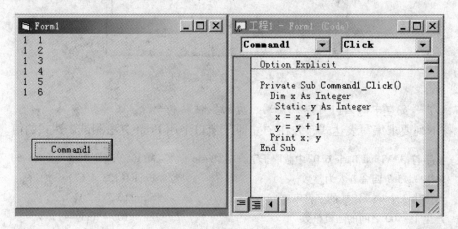

图 4-2　Dim 和 Static 的区别

提示：

- 新建一个工程，在 Form1 窗体中加入命令按钮 Command1。
- 按图 4-2 中代码窗口所示，输入相应代码。
- 运行程序。多次单击窗体上的命令按钮 Command1，观察输出内容的变化，并总结两种不同定义方式的区别。

3) 利用下列函数测试常用标准函数的功能。

Abs(-25)
Round(5. 1256,3),Round (0. 55),Round(0. 46)
Int(1. 9),Int (1. 3),Int(-2. 5)
Fix(3. 125),Fix (2. 98),Fix (-2. 6)
LTrim(" good "),RTrim(" good "),Trim(" good ")

Left("abcdefg",4),Right("abcdefg",4),Mid("abcdefg",2,3)

Len("I am a student"),Len("中国")

String(3,"a"),String(3,"abc"),String(3,97)

"a" + Space(3) + "b"

InStr("visual basic","bas"),InStr(3,"visual basic","Bas",1)

Val("123ab4"),Val("56.83 * 4"),Val("26.4e7"),Str(825.6)

Date,Time,Now

Year(Date),Month(Date),Day(Date)

提示：以上函数均可直接在"立即"窗口中测试，方法如下。

- 选择"视图|立即窗口"命令，打开"立即"窗口。一般在打开 Visual Basic 时，"立即"窗口会随之在屏幕下方打开。

- 输入"print"或"?"，并输入函数表达式，按回车键即可在下一行输出运算结果，如图 4-3 所示。

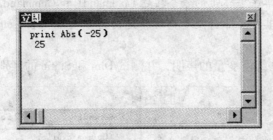

图 4-3　"立即"窗口

- "立即"窗口中的语句可以被复制、剪切、粘贴和删除。

4）按下列要求编写表达式，并在"立即"窗口中用 Print 方法测试表达式的值。

从字符串"Visual Basic 6.0"中截取子字符串"Basic"	'Mid("Visual Basic 6.0",8,5)
将 123.4567 四舍五入为整数	'Round(123.4567)
产生由 3 个"$"组成的字符串	'String(3," $ ")
产生 1~100 之间的随机整数	'Int((100 * Rnd) + 1)

5）将下列数学表达式改写为 Visual Basic 合法的表达式，并在"立即"窗口中用 Print 方法测试表达式的值。

$2a(7+b)$	'2 * a * (7 + b)
$8e^3 \ln 2$	'8 * exp(3) * log(2)
$5 + (a+b)^2$	'5 + (a + b)^2
$\lvert 3yx^2 \rvert$	'abs(3 * y * x^2)

6）在"立即"窗口中用 Print 方法测试下列表达式的运算顺序及表达式的值。

4^3 Mod 3^3 \ 2^2

"Visual" + "Basic"

"Visual" & "Basic"

Not "abc" < "abd"

$3 < 5$ And "a" = "A"

"abc" < > "ABC" Or $2 > 1$

Not "Abc" = "abc" Or $2 + 3 < > 5$ And "23" < "3"

#2001 – 02 – 03# – #2001 – 02 – 02#

Int(12345.6789 * 100 + 0.5)/100

7）将下列条件表示为关系表达式或逻辑表达式，并在"立即"窗口中用 Print 方法测试表达式的值。

10 可以被 2 整除	'10 Mod 2 = 0
x 大于等于 1 并且小于 10	'x > = 1 And x < 10
n 是小于 20 的偶数	'n < 20 And n Mod 2 = 0
x,y 其中至少有一个小于 z	'x < z Or y < z

第 5 章　数据的输出与输入

5.1　知识要点

1）Print 方法及其相关函数的功能。

2）InputBox 函数的使用方法及功能。

3）MsgBox 函数和 MsgBox 语句的使用方法及功能。

5.2　相关知识与例题分析

选择题

【例 5-1】下列不支持 Print 方法的对象是_____。

A. 图片框控件　　　　B. 窗体　　　　C. 打印机　　　　D. 文本框控件

例题分析：Print 方法可以将数据输出到窗体（Form）、图片框控件（PictureBox）、打印机（Printer）或"立即"窗口（Debug）。文本框控件是由 Text 属性设置文本框中的文本内容。

答案：D

【例 5-2】在"立即"窗口中执行如下语句：

```
a = "Beijing"
b = "ShangHai"
Print a;b
```

输出结果是（Δ 表示空格）_____。

A. BeijingΔShangHai

B. ΔBeijingΔShangHai

C. BeijingShangHai

D. ΔBeijingΔShangHaiΔ

相关知识：输出字符串时，字符串原样输出，前后都没有空格。多个表达式之间要用分号、逗号或空格隔开，分号和空格作为分隔符时，以紧凑格式输出数据；逗号作为分隔符时，以标准格式输出数据，即每个输出项占 14 个字符位。

例题分析：本题中使用的分隔符是分号，所以两个字符串以紧凑格式输出。

答案：C

举一反三：输出数值时，数值前面有一个符号位，后面有一个空格，见例 5-3。

【例 5-3】在"立即"窗口中执行如下语句：

```
a = 27
b = 65
Print a;b
```

输出结果是（Δ 表示空格）_____。

A. 27Δ65   B. Δ27Δ65   C. Δ27ΔΔ65   D. Δ27ΔΔ65Δ

答案：D

【例5-4】以下语句的输出结果是_____。

```
a = Sqr(3)
Print Format(a," $ ####. ###")
```

A. $1.732   B. $01.732   C. $1732   D. 0001.732

相关知识： # 表示一个数字位，利用#可以控制输出内容的长度。整数部分若实际长度小于指定长度，多余位不补0，数据左对齐；若实际长度大于指定长度，原样输出。小数部分若实际长度小于指定长度，多余位不补0；若实际长度大于指定长度，则四舍五入，保留到指定长度。

例题分析： 本题中变量a的值为1.73205080756888，整数部分实际长度1小于指定长度4，多余位不补0，数据左对齐；小数部分实际长度14大于指定长度3，四舍五入，保留到3位。

答案：A

举一反三： 如果将该例格式字符串中的#换成0，则输出结果为 $ 0001.732。

【例5-5】使用 Cls 方法可以清除程序运行时窗体或图片框上的_____内容。

A. 设计窗体时放置的控件

B. 程序运行时产生的图片和文字

C. Picture 属性设置的背景图案

D. 以上方法都对

例题分析： Cls 方法可以清除程序运行时窗体或图片框上产生的文本和图形，而设计时窗体或图片框中使用 Picture 属性设置的背景位图和放置的控件不受 Cls 方法影响。

答案：B

【例5-6】在窗体上添加一个命令按钮，编写如下事件过程：

```
Private Sub Command1_Click()
    x = InputBox("Input x:")
    y = InputBox("Input y:")
    Print x + y
End Sub
```

如果在两个文本框中输入的信息分别为 12 和 34，则输出结果为_____。

A. 12   B. 34   C. 46   D. 1234

相关知识： InputBox（）函数能产生输入框，等待用户输入信息后，将输入的信息作为字符串返回。

例题分析： 本题中输入的12和34均作为字符串处理，所以 x + y 表示连接两个字符串，输出结果为 1234。

答案：D

举一反三：InputBox 函数的返回值是字符串型，如果需要获取数值型的输入值，可以将 InputBox 函数的返回值赋给数值型的变量，或利用类型转换函数进行类型转换。例如，将上题改为：

```
Private Sub Command1_Click( )
    Dim x As Integer
    Dim y As Integer
    x = InputBox("Input x:")
    y = InputBox("Input y:")
    Print x + y
End Sub
```

如果在两个输入框中输入的信息分别为 12 和 34，则输出结果为_____。

A. 12　　　　　　　　B. 34　　　　　　　C. 46　　　　　　　D. 1234

答案：C

【例5-7】执行下面语句后，所产生的消息框的标题是_____。

?MsgBox("AAAA",4,"BBBB","",5)

A. AAAA　　　　　　B. BBBB　　　　　C. 3alpha　　　　　D. a*b

相关知识：MsgBox 函数格式为 MsgBox(消息[,按钮类型][,标题][,helpfile,context])。

例题分析：本题"AAAA"为消息，"BBBB"为标题，产生的消息框如图 5-1 所示。

图 5-1　消息框

答案：B

【例5-8】以下说法中错误的是_____。

A. InputBox 函数的返回值是字符串型

B. MsgBox 函数的返回值是在对话框中所单击的按钮的值

C. MsgBox 语句也能产生信息提示对话框，但它没有返回值

D. 在 InputBox 函数所产生的输入对话框中输入数值，返回值是数值型

答案：D

【例5-9】执行下面的语句：

BVal = MsgBox("continue",vbAbortRetryIgnore + vbInformation + vbDefaultButton1,"确认")

出现一个消息框，直接按下回车键后，变量 BVal 的值为_____。

A. 3　　　　　　　　B. 4　　　　　　　C. 5　　　　　　　D. 6

例题分析：函数中的参数"vbAbortRetryIgnore + vbInformation + vbDefaultButton1"表示显示按钮"终止"、"重试"及"忽略"，图标为 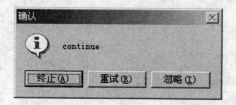，第一个按钮是默认按钮。出现消息框后，直接按回车键，即单击了默认的"终止"按钮，函数返回值为 3，产生的消息框如图 5-2 所示。

图 5-2　消息框

答案：A

5.3　实验指导

1. 实验目的

1）掌握 Print 方法的使用。

2）掌握与 Print 方法相关的函数的使用。

3）掌握 Cls 方法的使用。

4）掌握 InputBox 函数的使用。

5）掌握 MsgBox 函数和 MsgBox 语句的使用。

2. 实验内容

1）利用 Print 方法输出下列内容。

● 在窗体 Form1 上添加一个命令按钮 Command1，然后编写如下事件代码：

```
Private Sub Command1_Click( )
    x = 10
    Print x
    Print
    Print "x = " ; x
End Sub
```

运行结果如图 5-3 所示。

● 在窗体 Form1 上添加一个命令按钮 Command2，然后编写如下事件代码：

```
Private Sub Command2_Click( )
    Print 2 + 3 ; "china"
    Print "2 + 3" ; "china"
End Sub
```

运行结果如图 5-4 所示。

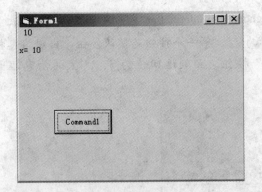

图 5-3 运行结果   图 5-4 运行结果

● 在窗体 Form1 上添加一个命令按钮 Command3，然后编写如下事件代码：

```
Private Sub Command3_Click( )
    Print "1" "2" "3"
    Print "1";"2";"3"
    Print "1","2","3"
    Print 1 2 3
    Print 1;2;3
    Print 1,2,3
End Sub
```

运行结果如图 5-5 所示。

思考： 观察使用不同分隔符时，输出格式的变化。

● 在窗体 Form1 上添加一个命令按钮 Command4，然后编写如下事件代码：

```
Private Sub Command4_Click( )
    Print 3/2 * 4,"Visual" & "Basic",Not 2 < 3
    Print 5/3,Left("Visual Basic",6),"abc" > "acd"
End Sub
```

运行结果如图 5-6 所示。

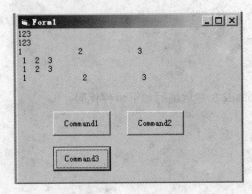

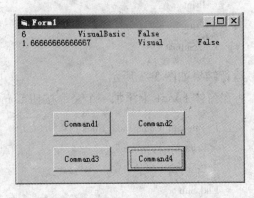

图 5-5 运行结果   图 5-6 运行结果

2）利用下面程序测试与 Print 方法相关的函数的作用。

```
Private Sub Form_Click( )
    Print "学号";Tab(10);"姓名";Tab(19);"成绩"
    Print "0001";Spc(5);"张力";Spc(5);"100"
    Print "0002" + Space(5) + "李明" + Space(5) + "98"
    Print "0003";Tab(10);"刘丹";Spc(5);"95"
End Sub
```

运行结果如图 5-7 所示。

3）如下事件过程的程序代码不完整，请将程序代码中的"??"改写为正确内容。运行程序后单击窗体，以第 1 行输出的字符串"123456789"作为参考位置，在后面 3 行的第 1 列、第 5 列、第 9 列输出"＊"。要求第 2 行使用 Tab 函数，第 3 行使用 Spc 函数，第 4 行使用 Space 函数控制输出"＊"的位置，运行结果如图 5-8 所示。

```
Private Sub Form_Click( )
    Print "123456789"          '输出一行参考位置
    Print ??                   '使用 Tab 函数控制输出"＊"的位置
    Print ??                   '使用 Spc 函数控制输出"＊"的位置
    Print ??                   '使用 Space 函数控制输出"＊"的位置
End Sub
```

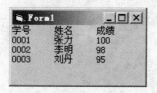

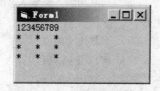

图 5-7 运行结果　　　　　　　图 5-8 运行结果

提示：Tab 函数与 Spc 函数的参数意义不同，Tab（n）表示在第 n 列输出内容，Spc（n）表示跳过 n 列输出内容。Space（n）可以产生 n 个空格，与前两个函数的调用格式不同。

4）利用下面程序测试 Format 函数的功能。

```
Private Sub Form_Click( )
    a = Sqr(8)
    Print Format(a,"00. 000")
    Print Format(a,"##. ###")
    Print Format(a,"00. ###")
    Print Format(a,"#,#. ###")
    Print Format(a," $ 00. ###")
    Print Format(a," - 00. 000")
    Print Format(a,"##. ##%")
    Print Format(a,"#. ##E + ##")
End Sub
```

运行结果如图 5-9 所示。

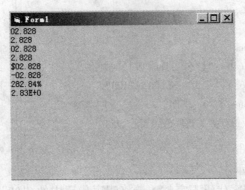

图5-9 运行结果

举一反三：将 a = sqr(8)改为 a = sqr(4)，观察程序运行结果。

5）如下事件过程的程序代码不完整，请将程序代码中的"??"改写为正确内容。运行程序后单击窗体，首先声明 3 个整型变量 x、y、z，然后依次显示两个输入框，如图 5-10 所示，分别输入 x 和 y 的值，再计算 z 的值（z 为 x 与 y 的和），最后输出 x、y、z 的值，输出格式如图 5-11 所示。

```
Private Sub Form_Click( )
    Dim x% ,y% ,z%
    ??                  '利用输入框输入 x 的值
    ??                  '利用输入框输入 y 的值
    z = x + y
    ??                  '输出 x 的值
    ??                  '输出 y 的值
    ??                  '输出 z 的值
End Sub
```

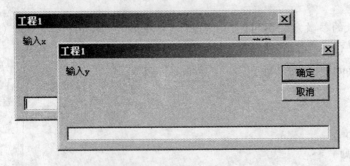

图5-10 显示的两个输入框

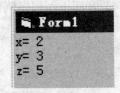

图5-11 输出结果

举一反三：为什么要将 3 个变量定义为整型？如果不定义数据类型会得到什么输出结果？

6）编写如下事件过程，利用 InputBox 函数输入圆的半径，计算圆的面积并输出。要求输入框的标题为"计算圆面积"，提示信息为"请输入圆的半径："。程序代码并不完整，请将程序代码中的"??"改写为正确内容。

```
Private Sub Form_Click( )
```

```
        Dim r,s
        r = ??                '利用输入框输入半径 r 的值
        s = 3.14159 * r * r    's 存放圆的面积
        Print "圆的半径:",r
        Print "圆面积为:",s
    End Sub
```

7）如下事件过程的程序代码不完整，请将程序代码中的"??"改写为正确内容。运行程序后单击窗体，显示一个消息框，如图 5-12 所示，在消息框上单击某个按钮后，输出消息框的返回值，输出结果如图 5-13 所示。

```
    Private Sub Form_Click( )
        x = ??              '显示消息框
        Print ??            '输出消息框的返回值
    End Sub
```

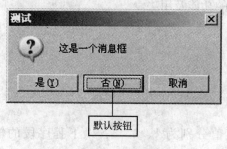

图 5-12　消息框

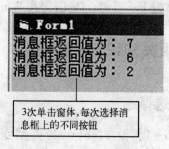

图 5-13　输出结果

提示：显示消息框的函数 MsgBox 格式为 MsgBox(提示信息,按钮类型,标题)

"按钮类型"参考教材 5.3 节。程序运行时，多次单击窗体，选择消息框上的不同按钮，观察返回值的变化。

举一反三：将上题中 MsgBox 函数的参数修改为下面的形式，并观察消息框的变化。

MsgBox("这是一个消息框",0 + 16 + 0,"测试")

MsgBox("这是一个消息框",3 + 64 + 256,"测试")

8）如下事件过程的程序代码不完整，请将程序代码中的"??"改写为正确内容。运行程序后单击窗体，显示如图 5-14 所示的消息框。

```
    Private Sub Form_Click( )
        x = ??          '显示消息框
    End Sub
```

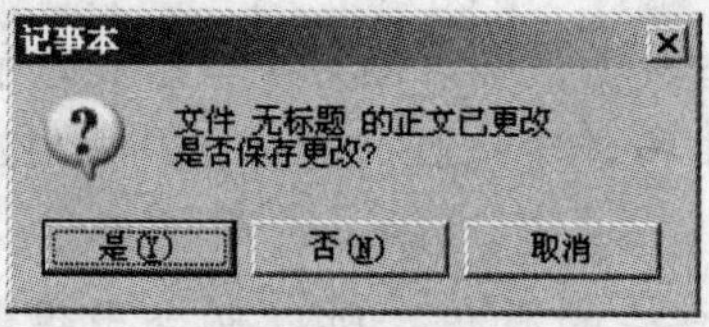

图 5-14　消息框

第6章 Visual Basic 程序设计语句

6.1 知识要点

1）掌握赋值语句的一般格式、功能及使用。
2）掌握顺序结构程序的概念。
3）掌握选择结构程序的设计方法。
4）掌握 If 语句、Select Case 语句的功能及用法。
5）掌握循环结构程序的设计方法。
6）掌握 For 语句、Do 语句和 While 语句的功能及用法。

6.2 相关知识与例题分析

6.2.1 选择题

【例6-1】设 a、b、c 为整型变量，其值分别为 1、2、3，以下程序段的输出结果是_____。

```
a = b
b = c
c = a
Print a;b;c
```

A. 1 2 3   B. 2 3 1   C. 3 2 1   D. 2 3 2

例题分析：赋值语句是将右边表达式的值赋给左边的变量，a = b 语句将 b 的值赋给 a，结果 a 为 2，a 原来的值被覆盖；b = c 语句将 c 的值赋给 b，结果 b 为 3；c = a 语句将 a 的值赋给 c，结果 c 为 2。

答案：D

【例6-2】下列赋值语句中，_____是正确的。

A. x! = "abc"   B. a% = "10e"   C. x + 1 = 5   D. s $ = 100

例题分析：

A 选项左侧为单精度浮点型数据，而右侧为字母组成的字符串，不可以将非数字字符串赋值给数值型变量。但若字符串为数字组成，例如，x! = "123"是合法的，系统会自动将字符串转换为数字 123。

B 选项的右侧不能转换为合法的数值，所以也会出现类型不匹配的错误，如果改为 a% = "10e3"，右侧可以转换为数值型的 10000，可以完成赋值。

C 选项左侧是表达式，不符合赋值语句要求，但可以作为逻辑判断语句，"＝"当做逻辑等号使用。

D 选项虽然左侧是字符串型变量，右侧为数值，但系统可以将右侧 100 转换为字符串"100"，然后赋值，是正确选项。

答案：D

【例 6-3】以下程序段的输出结果是_____。

```
a = Sqr(3)
b = Sqr(2)
c = a > b
Print c
```

A. －1   B. 0   C. False   D. True

例题分析：c＝a＞b 表示将表达式 a＞b 的值赋给变量 c，因 a＞b 的值为 True，所以 c 的值为 True。

答案：D

【例 6-4】下列语句能够将变量 a、b 的值交换的是_____。

A. a＝b：b＝t：t＝a   B. t＝a：a＝b：b＝t

C. a＝b：b＝a   D. t＝b：b＝t：t＝a

相关知识：将两个变量的值交换最常用的方法就是借助一个中间变量，例如，交换 a、b 的值，就要再使用一个变量 t，利用下列语句完成交换：

t＝a：a＝b：b＝t   或者   t＝b：b＝a：a＝t

例题分析：现将 a、b、t 分别赋值为 3、4、5，依次执行 4 个选项的语句。

A 语句序列执行后，a、b、t 的值分别为 4、5、4，实际上交换了 b 和 t 的值，a 的原值丢失。

B 选项执行后 a、b、t 的值分别为 4、3、3，完成了 a、b 的交换。

C 选项执行后 a、b、t 的值分别为 4、4、5，不能完成交换，结果 a、b 两个变量存储的都是原来 b 的值。

D 选项执行后 a、b、t 的值分别为 3、4、3，也不能完成交换。

答案：B

【例 6-5】下列不正确的单行 If 语句是_____。

A. If x＞y Then Print "x＞y"

B. If x Then t＝t＊x：Print t

C. If x Mod 3＝2 Then Print x

D. If x＜0 Then y＝2＊x－1：Print x End If

相关知识：If 语句可以精简为单行语句，不用 End If 结束。单行形式的语句必须在一行内完成，Then 后面即使是多条语句也要写在一行，用冒号分隔。

例题分析：D 选项含有 End If，不符合单行 If 语句结构的要求，所以不正确。

答案：D

【例 6-6】要判断数值型变量 y 能否被 7 整除，错误的条件表达式为_____。

A. $y \bmod 7 = 0$ B. $Int(y/7) = y/7$
C. $y \backslash 7 = 0$ D. $Fix(y/7) = y/7$

例题分析：判断一个数能否被另一个数整除，通常使用的方法是判断取模运算结果是否为0，如A的表达式，或者利用除法看结果是不是整数，如B和D选项，而C选项使用的是整除运算符，即只取除法结果的整数部分，小数部分舍去，如29\7结果为4。

答案：C

【例6-7】有以下程序：

```
Private Sub Form_Click( )
    Dim score !
    score = InputBox("请输入分数:")
    If score < 60 Then
        grade = "不及格"
    ElseIf score >= 60 Then
        grade = "及格"
    ElseIf score >= 75 Then
        grade = "良好"
    ElseIf score >= 90 Then
        grade = "优秀"
    End If
    Print "成绩等级为:";grade
End Sub
```

当程序运行时输入的分数为90，则程序运行结果为_____。

A. 成绩等级为：不及格 B. 成绩等级为：及格
C. 成绩等级为：良好 D. 成绩等级为：优秀

例题分析：If语句的执行过程中，一旦有一个分支被执行，便跳出if语句，跳到Endif语句后执行，即使有多个条件都为真，也只能执行第一个条件为真的分支。本题输入的是90，当判断到第2个分支时，表达式 score >= 60 的值为真，所以执行该分支内的语句 grade = "及格"，然后跳出If语句，执行输出"成绩等级为：及格"。

答案：B

【例6-8】执行下面的程序段后，x 的值为_____。

```
x = 5
For i = 1 To 20 Step 2
    x = x + i \ 5
Next i
```

A. 21 B. 22 C. 23 D. 24

例题分析：循环变量是以步长为2变化的，所以共循环10次，每次 i 的值依次为1、3、5、7、9、11、13、15、17、19，i \ 5 的值依次为0、0、1、1、1、2、2、3、3、3，每个值都被累加到 x 上，结果为21。

答案：A

46

【例6-9】在下面的 Do 循环中，一共要循环多少次_____。

```
m = 5
n = 1
Do While n <= m
    n = n + 1
Loop
```

A. 3　　　　　　　　B. 4　　　　　　　　C. 5　　　　　　　　D. 6

例题分析： 本题是 Do While...Loop 型的循环，循环条件是 $n <= m$，条件为假时退出循环。n 的初始值为 1，每次循环加 1，n 的取值为 1、2、3、4、5，当 n 为 6 时，条件为假，退出循环，所以共循环 5 次。

答案： C

【例6-10】下面的程序段执行后，i 的值为_____。

```
For i = 1 To 3
    i = i + 1
Next i
```

A. 3　　　　　　　　B. 4　　　　　　　　C. 5　　　　　　　　D. 6

例题分析：

第 1 次循环 i = 1，运行 i = i + 1 后 i 变为 2，第 1 次循环完毕 i 自动加 1，变为 3。

第 2 次循环中，运行 i = i + 1 后 i 变为 4，第 2 次循环完毕 i 自动加 1，变为 5。

循环变量的自动变化是在每次循环之后进行的，变化后再判断是否能继续循环。本题变量 i 既有循环变量的自动加 1，又有循环体中的语句使其值加 1，循环体循环 2 次。

答案： C

【例6-11】下列程序段中，能正常结束循环的是_____。

A. i = 1
　　Do
　　　　i = i + 2
　　Loop Until i = 10

B. i = 5
　　Do
　　　　i = i + 1
　　Loop Until i < 0

C. i = 10
　　Do
　　　　i = i + 1
　　Loop Until i > 10

D. i = 6
　　Do
　　　　i = i - 2
　　Loop Until i = 1

相关知识： 本题都是 Do...Loop Until 型的循环，能够保证循环至少执行一次，当条件为真时就结束循环。

例题分析：

A 选项中循环变量的取值为奇数，永远不可能等于 10，所以不能正常结束循环。

B 选项中 i 的初始值为 5，每次循环加 1，永远不可能 i < 0，所以不能正常结束循环。

C 选项中 i 的初始值为 10，进入循环后加 1，满足循环结束条件 i > 10，结束循环。

D 选项中 i 取值为偶数，不可能等于 1，所以不能正常结束循环。

答案：C

【例6-12】当运行以下程序时，显示 x 的值是_____。

```
x = 0
y = 50
Do While y > x
    x = x + y
    y = y - 5
Loop
Print x
```

A. 55   B. 100   C. 50   D. 15

例题分析：初始值 x = 0，y = 50，进入循环后，x = 0 + 50 = 50，y = 50 - 5 = 45，此时循环条件 y > x 为假，退出循环。

答案：C

【例6-13】下列程序循环次数为_____。

```
s = 0
For i = 1 To 20 Step 2
    s = s + i
Next i
```

A. 9   B. 10   C. 11   D. 12

相关知识：For... next 循环中，循环控制变量按步长自动变化，直到大于结束值时退出循环。

例题分析：本题 i 的变化值为 1、3、5、7、9、11、13、15、17、19。所以共循环 10 次。变量 s 是将所有的 i 值累加起来。

答案：B

【例6-14】假设有以下程序段：

```
For i = 1 To 3
    For j = 5 To 1 Step - 1
        Print i * j
    Next j
Next i
```

则语句 Print i * j 的执行次数，以及程序结束时 i、j 的值分别是_____。

A. 15 4 0   B. 16 3 1

C. 17 4 0   D. 18 3 1

例题分析：此题考查的是 For 循环和多重循环。外循环变量的值为 1~3，步长为 1，共循环 3 次。内循环中循环变量的值为 5~1，步长为 -1，共循环 5 次。Print i * j 语句在双层循环内部，因此该语句执行次数为内外循环次数的乘积（15 次）。退出循环时，由于外循环步长为 1，所以 i 的值为 4；而内循环步长为 -1，所以 j 的值为 0。

答案：A

【例6-15】下列程序运行后，单击窗体，则在窗体上显示的内容是_____。

```
Private Sub Form_Click()
    Cls
    Print
    For n = 1 To 3
        For m = 1 To n
            Print m;
        Next m
        Print
    Next n
End Sub
```

A. 1
      B. 1 2 3   C. 3   D. 1
  1 2   1 2   2   2 2
  1 2 3   1   1   3 3 3

例题分析：此题考查的是双重循环。外循环的次数决定打印几行数据。因外循环的次数是3，故打印3行数据。内循环的次数决定每行打印几个数据。外循环第一次时，内循环的次数是1，所以第1行打印1个数据；外循环第2次时，内循环的次数是2，所以第2行打印2个数据；外循环第3次时，内循环的次数是3，所以第3行打印3个数据，每次打印的数据是内循环变量m的值，所以第1行是1，第2行是1 2，第3行是1 2 3。

答案：A

【例6-16】窗体的Form_Click()事件过程如下，请写出单击窗体并输入8、9、3、5后，窗体上的显示结果_____。

```
Private Sub Form_Click()
    Dim i % ,sum % ,m%
    sum = 0
    Do While True
        m = InputBox("请输入 m")
        If m = 5 Then Exit Do
        sum = sum + m
    Loop
    Print sum
End Sub
```

A. 17   B. 25   C. 20   D. 0

例题分析：此题考查的是永真循环，即Do While True... Loop结构。当变量m为5时，执行语句Exit Do表示退出永真循环，若变量m为其他值则求累加和。因此，输入8、9、3时求得累加和为20，放入变量sum中；当输入5时，则退出循环，程序结束。

答案：C

【例6-17】程序运行时单击Command1后，输入860788，窗体上的输出结果是_____。

```
Private Sub Command1_Click()
```

```
        Dim x As Long, Count As Integer
        x = Val(InputBox("请输入数据:"))
        Count = 0
        While x <> 0
            d = x Mod 10
            If d = 8 Then Count = Count + 1
            x = x\10
        Wend
        Print Count
    End Sub
```

A. 0　　　　　　　　B. 1　　　　　　　　C. 2　　　　　　　　D. 3

例题分析：此题考查的是利用循环逐个截取数值型数据中每一位数字，并判断被截取的数字是否为 8 的问题。语句 d = x Mod 10 表示将变量 x 被 10 整除后的余数赋给变量 d，即取变量 x 的个位数字赋给变量 d；语句 If d = 8 Then Count = Count + 1 表示若 d 为 8，则进行计数；语句 x = x \ 10 表示将变量 x 被 10 整除的除数重新赋给变量 x，即去掉变量 x 个位数字后的部分数字。此程序共循环 6 次，每次循环各变量的值变化如下。

X 初值为 860788

第 1 次循环	d = 8	Count = 1	x = 86078
第 2 次循环	d = 8	Count = 2	x = 8607
第 3 次循环	d = 7	Count = 2	x = 860
第 4 次循环	d = 0	Count = 2	x = 86
第 5 次循环	d = 6	Count = 2	x = 8
第 6 次循环	d = 8	Count = 3	x = 0（满足退出循环条件）

答案：D

【例 6-18】窗体的 Form_Click() 事件过程如下。运行时，单击窗体后依次输入 10、37、50、55、56、64、20、28、19、0，写出输出结果_____。

```
    Private Sub Form_Click()
        Dim y% ,i%
        i = 0
        Do
            y = lnputBox("y = ")
            If (y Mod 10) + Int(y/10) = 10 Then i = i + 1
        Loop Until y = 0
        Print i
    End Sub
```

A. 4　　　　　　　　B. 5　　　　　　　　C. 6　　　　　　　　D. 7

例题分析：此题输入的都是两位数值型数据（0 除外），通过循环语句 Do... Loop Until 结构统计输入数据的个位与十位数字之和等于 10 的个数。其中，表达式 y Mod 10 表示取变量 y 的个位数字，表达式 Int(y/10) 表示取变量 y 的十位数字。

答案：B

6.2.2 填空题

【例6-19】判断一个数是否既能被2整除，又能被11整除。

```
Private Sub Form_Click( )
    Dim a As Integer
    a = InputBox("请输入一个数:")
    If _____Then
        Print a;"既能被2整除又能被11整除"
    End If
End Sub
```

答案：a Mod 2 = 0 And a Mod 11 = 0

或 a\2 = a / 2 And a\11 = a/11

或 Int(a/2) = a/2 And Int(a/11) = a/11

或 Fix(a/2) = a/2 And Fix(a/11) = a/11

或者是以上表达式的组合。

【例6-20】程序运行后，窗体上显示的内容如图6-1所示。

```
Private Sub Form_Activate( )
    For i = _____
        For j = 1 To i
            Print j;
        Next j
        Print
    Next i
End Sub
```

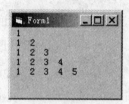

图6-1　运行结果

例题分析： 根据窗体上显示的结果，一共有5行信息，该题采用了双重循环，其中外循环的次数决定一共显示几行信息，内循环的次数决定每一行显示几个数字。

答案：1 To 5

【例6-21】下列程序运行时，单击窗体，窗体显示的结果是：7654321 。

```
Private Sub Form_click( )
    Dim i As Integer
    Dim str As String
    str = "1234567"
    For i = Len(str) To 1 Step -1
        Print Mid(_____)
    Next i
End Sub
```

例题分析： 该题是要将字符串变量 Str 的值逆序显示。程序中使用了 Mid 函数，它的格式为 Mid(c,n1,n2)，含义是从字符串变量 c 中的第 n1 位开始，向右取 n2 个字符。为了实现本题要求，使用函数 Mid 时，对字符变量 Str 的值从最后一位开始，每次只取一个字符，所以总共要使用 7 次 Mid 函数，每次取出的值都在窗体同一行的上一个数字末尾显示出来。其中 For 循环的次数决定了使用 Mid 函数的次数。

　　答案：str, i, 1

　　【例 6-22】在窗体上添加一个命令按钮和一个文本框，然后编写命令按钮的 Click 事件过程。程序运行后，在文本框中输入一串英文字母（不区分大小写），单击命令按钮，程序可找出未在文本框中输入的其他所有英文字母，并以大写方式降序显示到 Text1 中。例如，若在 Text1 中输入的是 abDfdb，则单击 Command1 按钮后，Text1 中显示的字符串是 ZYXW-VUTSRQPONMLKJIHGEC。请填空。

```
Private Sub Command1_Click( )
    Dim str As String,s As String,c As String
    str = UCase(Text1)
    s = ""
    c = "Z"
    While c >= "A"
        If InStr(str,c) = 0 Then
            s =    [1]
        End If
        c = Chr $ (Asc(c)    [2]    )
    Wend
    If s <> "" Then
            Text1 = s
    End If
End Sub
```

　　例题分析：程序运行后，变量 c 从 "Z" 变化到 "A"，利用 InStr 函数依次判断 c 是否出现在字符串 str 中，即字母 "A" ~ "Z" 是否在字符串 str 中出现，若有则连接到变量 s 中，否则判断下一个字母。

　　答案：[1] s + c　　[2] -1

　　【例 6-23】设有如下程序，以下程序的功能是　　[1]　　，程序运行后，单击窗体，输出结果为　　[2]　　。

```
Private Sub Form_Click( )
    Dim a As Integer,s As Integer
    n = 8
    s = 0
    Do
        s = s + n
        n = n - 1
    Loop While n > 0
    Print s
End Sub
```

　　答案：[1] 求 1~8 的和　　　[2] 36

【例6-24】阅读下面的程序，其运行结果为_____。

```
Private Sub Form_Click()
    a = 0
    b = 1
    Print a;
    Print b;
    For i = 3 To 5
        c = a + b
        Print c;
        a = b
        b = c
    Next i
End Sub
```

例题分析：循环条件为 i 从 3 到 5，即 3、4、5，所以循环共进行 3 次，每次产生一个数，为 a、b 的和，变量变化过程如下。

初始值	a = 0	b = 1
第 1 次循环 c = 1	a = 1	b = 1
第 2 次循环 c = 2	a = 1	b = 2
第 3 次循环 c = 3	a = 2	b = 3

从规律可以看出每次循环产生的数是前 2 项数的和，由此程序产生的数列为菲波拉契数列，依次为 0、1、1、2、3、5、8、13、21…。

答案：0 1 1 2 3

【例6-25】求 1! + 2! + …10! 的值。

```
Private Sub Form_Click()
        [1]
    s = 1
    For i = 2 To 10
        t = t * i
            [2]
        [3]
    Print s
End Sub
```

答案：[1] t = 1　　　[2] s = s + t　　　[3] Next i 或 Next

【例6-26】在窗体上添加了一个命令按钮 Command1，单击命令按钮 Command1，执行如下事件过程，该过程的功能是通过 For 循环计算一个表达式的值，这个表达式是 1/2 + 2/3 + 3/4 + 4/5。

```
Private Sub Command1_Click()
    Dim    [1]    As Double, x As Double
    Dim n As Long
```

```
        Dim i As Integer
        sum =    [2]
        n = 0
        For i = 1 To 5
            x = n / i
            n = n + 1
            sum =    [3]
        Next
        Form1. Print sum
    End Sub
```

答案： [1] sum   [2] 0   [3] sum + x 或 x + sum

【例6-27】 在窗体上添加了一个命令按钮 Command1。单击命令按钮 Command1，执行如下事件过程，该过程的功能是生成 20 个 200~300 的随机整数，输出其中能被 5 整除的数并求出它们的和。

```
    Private Sub Command1_Click()
        Dim s As Integer
        s =    [1]
        For i = 1 To 20
            Randomize
            x = Int(    [2]    * 100 + 200)
            If x    [3]    5 = 0 Then
                    Print x
                s = s + x
            End If
        Next i
        Print " Sum  = " ; s
    End Sub
```

答案： [1] 0   [2] Rnd 或 Rnd()   [3] Mod

【例6-28】 下面是一个体操评分程序，10 位评委，除去一个最高分和一个最低分，计算平均分（设满分为 10 分）。

```
    Private Sub Command1_Click()
        Dim s As Integer
        Dim Max, Min As Integer
        Dim i, n, p As Integer
          [1]
        Min = 10
        For i = 1 To 10
            n = Val(InputBox("请输入分数:"))
            If n > Max Then    [2]
            If n < Min Then Min = n
```

```
            s = s + n
        Next i
        s = s - Max   [3]
        p = s/8
        Print "最高分 :"; Max
        Print "最低分 :"; Min
        Print "最后得分:"; p
    End Sub
```

例题分析： 此题实际是求最大值和最小值问题。语句 Min = 10 表示设 Min 为一个大数 10，如果 n < Min 为真，语句 Min = n 才必被执行，即实际输入的分数 n 与 Min 比较后 Min 才会被赋予新的数值。同理，填空 [1] 内容为 Max = 0，表示设 Max 为一个较小数 0，语句 If n > Max Then Max = n 才必被执行，即实际输入的分数 n 与 Max 比较后 Max 才会被赋予新的数值。

答案： [1] Max = 0   [2] Max = n   [3] - Min

6.3 实验指导

6.3.1 实验1 赋值语句

1. 实验目的

1）掌握赋值语句的一般格式、功能及使用。

2）掌握顺序结构程序的概念。

2. 实验内容

输入 a、b 的值，然后将两个变量的值交换，并输出交换后的值。

提示： 交换两个变量的值，需要借助一个中间变量完成。该程序可以在 Form_Click 事件中编写。需要定义 3 个变量 a、b、t，利用 InputBox 函数输入 a、b 两个变量的值。将 a 赋值给 t，b 赋值给 a，t 赋值给 b，即可完成交换，然后输出 a、b 的值。

程序代码如下：

```
    Private Sub Form_Click( )
        Dim a,b,t
        a = InputBox("请输入 a 的值")
        b = InputBox("请输入 b 的值")
        t = a
        a = b
        b = t
        Print "a = "; a, "b = "; b
    End Sub
```

6.3.2 实验2 分支结构

1. 实验目的

1）掌握选择结构程序的设计方法。

2）掌握 If 语句、Select Case 语句的功能及用法。

2. 实验内容

1）输入系数 A、B、C 的值，并求一元二次方程 $AX^2 + BX + C = 0$ 的根。

提示：输入系数 A、B、C 的值后，判断 B2 − 4 ∗ A ∗ C 的值，如果大于或等于零，则求根，否则没有实根。例如：输入 A = 1、B = 4、C = 4，则 x1 = −2，x2 = −2。

程序代码如下：

```
Private Sub Form_Click( )
    Dim a As Integer, b As Integer, c As Integer
    a = InputBox("输入系数 a")
    b = InputBox("输入系数 b")
    c = InputBox("输入系数 c")
    d = b * b - 4 * a * c
    If d >= 0 Then
        X1 = ( - b + Sqr(d)) / (2 * a)
        X2 = ( - b - Sqr(d)) / (2 * a)
        Print X1, X2
    End If
End Sub
```

2）输入 3 个数，如果它们能作为三角形的 3 条边，则求该三角形的面积，否则输出错误信息。

```
Private Sub Form_Click( )
    Dim x!, y!, z!
    Dim p!, s!
    x = InputBox("please input x :")
    y = InputBox("please input y :")
    z = InputBox("please input z :")
    If x + y > z And y + z > x And x + z > y Then
        p = (x + y + z) / 2
        s = Sqr(p * (p - x) * (p - y) * (p - z))
        Print "三角形的面积为:"; s
    Else
        Print x; y; z; "不能构成三角形"
    End If
End Sub
```

3）利用输入框输入一个 0～6 的整数，然后根据输入的数值输出对应的是星期几。例如，输入 0，则输出星期日；输入为 3，则输出星期三。

提示：本题适合使用 Select Case 语句设计分支结构。

程序代码如下：

```
Private Sub Form_Click( )
```

```
Dim num As Integer
num = InputBox("输入一个 0 至 6 的整数")
Select Case num
    Case 0
        Print "星期日"
    Case 1
        Print "星期一"
    Case 2
        Print "星期二"
    Case 3
        Print "星期三"
    Case 4
        Print "星期四"
    Case 5
        Print "星期五"
    Case 6
        Print "星期六"
    Case Else
        Print "输入错误!"
End Select
End Sub
```

4）设某单位收取水费的规定是：每月用水量 <=10 吨时，按每吨 0.32 元计费；用水量 <=20 吨时，超过 10 吨的部分按每吨 0.64 元计费；用水量超过 20 吨时，超过 20 吨的部分按每吨 0.96 元计费，编写求水费的程序。

```
Private Sub Form_Click()
    Dim w As Single, x As Integer
    w = InputBox("请输入用水量")
    Select Case w
        Case Is <= 10
            x = w * 0.32
        Case Is <= 20
            x = 0.32 * 10 + (w - 10) * 0.64
        Case Else
            x = 0.32 * 10 + 0.64 * 10 + (w - 20) * 0.96
    End Select
    Print "应付水费为:", x
End Sub
```

5）求分段函数的值。

$$y = \begin{cases} 2\sqrt{2\sin^2 x + 4x + 1} - 3, & x \geqslant 0 \\ 3x^2 + 4x - 5, & x < 0 \end{cases}$$

程序代码如下：

```
Private Sub Form_Click( )
    Dim x As Single,y As Single
    x = InputBox("请输入 x 的值")
    If x >=0 Then
        y = 2 * Sqr(2 * Sin(x) * Sin(x) +4 * x +1) - 3
    Else
        y = 3 * x * x +4 * x - 5
    End If
    Print y
End Sub
```

6）设计一个程序，每在文本框中输入一个字符，就立即判断：若为大写字母，则将它的小写字母形式显示在 Label1 中；若为小写字母，则将它的大写字母形式显示在 Label1 中；若为其他字符，则把该字符直接显示在 Label1 中。输入字母总数显示在 Label2 中，运行结果如图 6-2 所示。请将程序代码中的"??"修改为正确的语句，并运行。

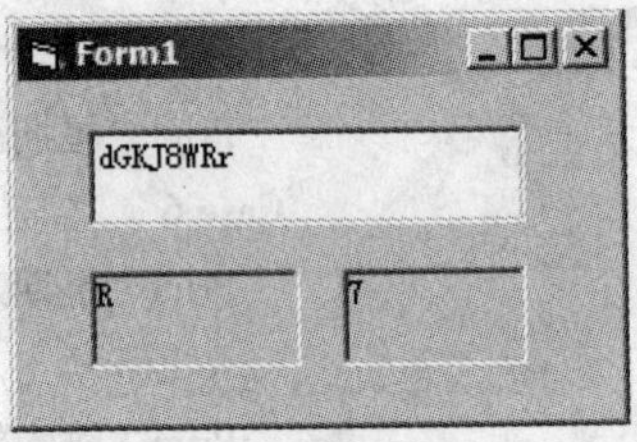

图 6-2　运行结果

- 界面设计：如图 6-2 所示，向窗体 Form1 中添加 1 个文本框 Text1，2 个标签 Label1 和 Label2，将文本框的 Text 属性设置为空，两个标签的 Appearance 属性设置成"1 - 3D"效果。

- 程序代码：

提示：判断字母是大写还是小写，可以通过其 ASCII 码的范围确定，也可以直接利用字符串的比较判断。UCase( )函数可将小写字母转换成大写字母，LCase( )函数可将大写字母转换成小写字母。

```
Dim n                                      '定义 n 为模块变量,用来统计字母总数
Private Sub Text1_Change( )
    Dim ch As String
    ch = Right( ?? )                       '截取文本框中新输入的一个字符
    If ch >= "A"  And ch <= "Z" Then
        n = n + 1
        Label1. Caption = LCase( ch )
    ElseIf ch >= "a"  And ch <= "z" Then
        n = n + 1
        Label1. Caption = ??                '将小写字母转换成大写字母
    Else
        Label1. Caption = Right( Text1 ,1 ) '直接显示该字符
    End If
    Label2. Caption = ??                    '显示字母总数
End Sub
```

58

6.3.3 实验3 单循环控制结构

1. 实验目的

1）掌握单循环结构程序的程序设计方法。

2）掌握 For 语句、Do 语句和 While 语句的功能及用法。

2. 实验内容

1）求8的阶乘（ $8! = 1 \times 2 \times 3 \times \cdots \times 8$）。

提示：求阶乘与求和的设计思想是一致的，一个变量控制循环，另一个变量存储乘积。

程序代码如下：

```
Private Sub Form_ Click ( )
    Dim i As Integer, t As Long
    t = 1
    For i = 1 To 8
        t = t * i
    Next i
    Print "T = " ; t
End Sub
```

举一反三：编写求 n! 的程序。

2）求 0 ~ 100 之间的所有奇数的和。

```
Private Sub Form_Click( )
    Dim i As Integer, s As Integer
    s = 0
    For i = 1 To 100 Step 2
        s = s + i
    Next
    Print s
End Sub
```

另一种方法：

```
Private Sub Form_Click( )
    Dim i As Integer, s As Integer
    s = 0
    i = 0
    Do While i <= 100
        If i Mod 2 <>0 Then
            s = s + i
        End If
        i = i + 1
    Loop
    Print s
```

```
        End Sub
```

举一反三： 用 Do Until... Loop 语句改写该程序。

3）输入一系列数，直到输入 0 为止，统计其中正数和负数的个数。

```
    Private Sub Form_Click( )
        Dim i% ,num1% ,num2%
        num1 = 0
        num2 = 0
        Do
            i = InputBox("请输入一个正数或负数,输入 0 时结束统计")
            If i > 0 Then
                num1 = num1 + 1
            ElseIf i < 0 Then
                num2 = num2 + 1
            End If
        Loop Until i = 0
        Print "正数的个数为:";num1
        Print "负数的个数为:";num2
    End Sub
```

4）求 1~100 之间既能被 2 整除又能被 7 整除的数的和及其个数。

```
    Private Sub Form_Click( )
        Dim s% ,k% ,i %
        For i = 1 To 100
        If i Mod 2 = 0 And i Mod 7 = 0 Then
            s = s + i
            k = k + 1
        End If
        Next i
        Print "满足条件的个数为";k
        Print "和为";s
    End Sub
```

5）编写程序求 $S = 1^2 + 2^2 + \cdots + 100^2$。

使用 Do While... Loop 语句，程序代码如下：

```
    Private Sub Form_ Click ( )
        Dim n As Integer,s As Long
        n = 1;s = 0                    '两个语句写到一行,中间用冒号隔开
        Do While n <= 100
            s = s + n * n
            n = n + 1
        Loop
        Print "s = ";s
```

```
        End Sub
```

程序运行结果：s = 338350

6）编写程序求 S = 1! + 2! + … + 8!。

```
    Private Sub Form_Click( )
        t = 1
        s = 0
        For i = 1 To 8
            t = t * i
            s = s + t
        Next i
        Print " s = " ; s
    End Sub
```

7）设计一个程序，向文本框中输入任意一串英文字母，统计文本框中字母"A"、"H"、"M"的个数。单击"统计"按钮，则统计文本框中字母"A"、"H"、"M"各自出现的次数，并将统计值依次放入变量 x、y、z 中；单击"显示"按钮，则将其显示在标签中。运行结果如图 6-3 所示。下列程序已给出部分代码，请将程序代码中的"??"修改为正确的语句，并运行。

图 6-3 运行结果

- 设计界面：向窗体 Form1 中添加 1 个标签 Label1、1 个文本框 Text1 和 2 个命令按钮 Command1 及 Command2。
- 设置属性：将 Text1 的 Multiline 属性设置为空，Label1 的 AutoSize 属性设置为 True，Command1 的 Caption 属性设置为"统计"，Command2 的 Caption 属性设置为"显示"。
- 程序代码：

```
    Dim x% ,y% ,z%
    Private Sub Command1_Click( )
        For i = 1 To Len( Text1. Text)
            c = UCase( Mid( ??) )
            Select Case ??
                Case "A"
```

```
                    x = x + 1
            Case ??                         '判断是否为字母 H
                    ??                      '统计字母 H 的个数
            Case "M"
                    z = z + 1
        End Select
    Next
End Sub
Private Sub Command2_Click( )
    Label1. caption = "文中有" + str(x) + "个 A" + str(y) + "个 H" + str(z) + "个 M"
End Sub
```

6.3.4　实验 4　双循环控制结构及算法

1. 实验目的

1）掌握双循环结构程序的程序设计方法。

2）掌握 For 语句、Do 语句和 While 语句的功能及用法。

2. 实验内容

1）输入下面的程序，观察双重循环中循环控制变量的变化过程。

```
Private Sub Form_Click( )
    Dim i% ,j%
    For i = 1 To 3
        For j = 1 To 3
            Print i,j
        Next
    Next
End Sub
```

2）利用双重循环输出如图 6-4 所示的三角形。

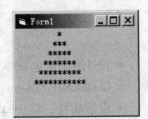

图 6-4　运行结果

```
Private Sub Form_Click( )
    Dim i As Integer,j As Integer
    For i = 1 To 6
        Print Spc(10 - i);
        For j = 1 To 2 * i - 1
            Print " * ";
        Next j
        Print
    Next i
End Sub
```

举一反三：如何输出倒三角形？

3）输出菲波拉契数列的前 20 项。菲波拉契数列是这样定义的，数列的前两项是 0 和 1，以后每项均为其前两项的和，即依次为 0、1、1、2、3、5、8、13、21…。

```
Private Sub Form_Click( )
    Dim a% ,b% ,i%
    a = 0
    b = 1
    Print a
    Print b
    For i = 3 To 20
        c = a + b
        Print c
        a = b
        b = c
    Next i
End Sub
```

4) 勾股定理中 3 个数的关系是 $a^2 + b^2 = c^2$。例如，3、4、5 就是一个满足条件的整数组合（注意：a、b、c 分别为 4、3、5 与分别为 3、4、5 被视为同一个组合，不应重复计算）。编写程序，统计 3 个数均在 20 以内满足上述关系的整数组合。

提示：此题需要采用"穷举法"求解，即对所有可能解，逐个进行试验，若满足条件，就得到一组解，否则继续测试，直到循环结束为止。其算法如下：利用三重循环列举出 a、b、c 所有可能的解，每次循环都测试条件 $a^2 + b^2 = c^2$ 是否成立，条件成立，则找到一组合适的解。

```
Private Sub Form_Click( )
    For a = 1 To 20
        For b = 1 To 20
            For c = 1 To 20
                If a^2 + b^2 = c^2 and b > a Then
                    Print a;b;c
                End If
            Next
        Next
    Next
End Sub
```

程序运行时，a、b、c 的值分别按下列顺序测试：

a	b	c
1	1	1
1	1	2
...		
1	1	20
1	2	1
...		

```
1    2    20
...
1    20   20
2    1    1
...
2    1    20
...
2    20   20
...
20   20   20
```

运行结果：

```
3    4    5
5    12   13
6    8    10
8    15   17
9    12   15
12   16   20
```

举一反三：用穷举法输出 1～1000 之间的" 水仙花数"。

提示："水仙花数"是一个 3 位数，其各位数的立方和等于该数本身。例如，$153 = 1^3 + 5^3 + 3^3$。

5）用 100 元买 100 只鸡，母鸡 3 元 1 只，小鸡 1 元 3 只，问各应买多少只？

提示：下面采用"穷举法"来解此题。

设母鸡为 x 只，小鸡为 y 只，根据题意可知：

$y = 100 - x$

开始先让 x 初值为 1，则 y 为 99，测试条件 $3x + y/3 = 100$ 是否成立，以后 x 逐次加 1，依次测试。

```
Private Sub Form_ Click ( )
    Dim x As Integer, y As Integer
    For x = 1 To 30
        y = 100 - x
        If 3 * x + y / 3 = 100 Then
            Print "母鸡只数为:"; x
            Print "小鸡只数为:"; y
        End If
    Next x
End Sub
```

运行结果：

母鸡数为:25

小鸡数为:75

6）判断整数 m 是否为素数。下列程序给出部分代码，请将程序代码中的"??"修改为正确的语句，并运行。

提示：一个合数总有一个小于等于 sqr(m) 的因子，因此判断 m 是否能被 2 到 sqr(m) 或 m/2 间的整数整除即可。

```
Private Sub Form_Click( )
    Dim i As Integer,m As Integer
    m = InputBox("请输入一个数")
    For i = ?? To m/2
        If ?? Then
            Exit For
        End If
    Next
    If i > m/2 Then
        Print m;"是素数"
    Else
        Print m;"不是素数"
    End If
End Sub
```

7）找出 100 以内所有的素数。

提示：设计双重循环，外循环变量范围为 2 ~ 100，内循环测试每一个数是否为素数。

```
Private Sub Form_Click( )
    Dim i As Integer,m As Integer
    For m = 2 To 100
        For i = 2 To m – 1
            If m Mod i = 0 Then
                Exit For
            End If
        Next
        If i = m Then
            Print m
        End If
    Next
End Sub
```

第7章 常用控件的使用

7.1 知识要点

1）单选按钮和复选框的使用。
2）列表框和组合框的使用。
3）滚动条和计时器的使用。
4）图形图像控件的使用。
5）图形方法 Line 和 Circle 的使用。

7.2 相关知识与例题分析

7.2.1 选择题

【例7-1】在窗体上添加一个名称为 Check1 的复选框，在程序运行的过程中，若选中复选框，则 Check1. Value 的值是_____。

A. True   B. 2   C. 0   D. 1

例题分析： 复选框的 Value 属性有3个值，分别是0（未选中）、1（选中）、2（禁止状态）。

答案： D

举一反三： 单选按钮也具有 Value 属性，但数据类型为逻辑型，即 True（选中）、False（未选中）。

【例7-2】通过改变单选按钮（OptionButton）控件的_____属性值，可以改变按钮的选取状态。

A. Value   B. Style   C. Appearance   D. Caption

例题分析： Value 属性决定单选按钮是否被选中，Style 属性决定单选按钮的样式，Appearance 属性决定单选按钮外观，Caption 决定单选按钮的标题。

答案： A

举一反三： 很多控件的选取状态都可以利用程序来改变。例如，复选框、单选按钮、列表框、组合框等。

【例7-3】下面说法不正确的是_____。

A. 滚动条的重要事件是 Change 和 Scroll

B. 框架的主要作用是将控件进行分组，以完成各自相对独立的功能

C. 组合框是组合了文本框和列表框的特性而形成的一种控件

D. 计时器控件可以通过对 Visible 属性的设置，在程序运行期间显示在窗体上

例题分析：计时器控件只在设计阶段显示，而运行时是不显示的，并且它也不具有 Visible 属性。

答案：D

举一反三：计时器、公共对话框运行时也都不显示。

【例7-4】程序运行后，以下能够触发滚动条 Scroll 事件的操作是_____。

A. 当单击滚动条的两端箭头时

B. 当单击滚动条的滑块与箭头之间的空白处区域时

C. 当拖动滚动条的滑块时

D. 拖动滚动条的滑块结束后

答案：C

例题分析：当用鼠标拖动滑块时会连续触发 Scroll 事件，直到松开鼠标时停止。Value 属性值每改变一次（拖动滑块到目标位置后松开时，或单击一次两端箭头 ▲ ▼ 或 ◀ ▶ 改变滚动条内滑块的位置时），都会触发一次 Change 事件。

【例7-5】用鼠标拖动滚动条中的滚动框并释放，将触发滚动条的_____事件。

A. Scroll   B. Change   C. keyUp   D. A 和 B

答案：D

【例7-6】在窗体上添加一个水平滚动条，名称为 HScroll1；再添加一个文本框，名称为 Text1。要想使用滚动条滑块的当前值来调整文本框中文字的大小，则可满足的语句是_____。

A. Text1. FontName = HScroll1. Max

B. Text1. FontSize = HScroll1. Min

C. Text1. FontSize = HScroll1. Value

D. Text1. FontBold = HScroll1. Value

例题分析：要想使用滚动条滑块的当前值来调整文本框中文字的大小，就要把滚动条滑块的当前值属性（Value）的值赋给文本框的字号属性（FontSize）。

答案：C

【例7-7】在窗体上画一个名称为 Text1 的文体框，然后画一个名称为 HScroll1 的滚动条，其 Min 和 Max 属性分别为 0 和 100。程序运行后，如果移动滚动框，则在文本框中显示滚动条的当前值。以下能实现上述操作的程序段是_____。

A. Private Sub HScroll1_Change( )

      Text1. Text = HScroll1. Value

   End Sub

B. Private Sub HScroll1_Click( )

      Text1. Text = HScroll1. Value

   End Sub

C. Private Sub HScroll1_Change( )

      Text1. Text = HScroll1. Caption

   End Sub

D. Private Sub HScroll1_Click( )

```
        Text1. Text = HScroll1. Caption
    End Sub
```

例题分析：题目中移动滚动框将触发滚动条的 Change 属性，所以选项 B 和选项 D 可以先排除，另外滚动条的当前值可以用 Value 属性来表示，在文本框中显示滚动条当前值的语句应为 Text1. Text = Hscroll1. Value。所以正确答案为选项 A。

答案：A

【例 7-8】每次单击滚动条两端的箭头时，滚动条变化值是 5，应设置它的_____属性。

    A. SmallChange   B. LargeChange   C. Value   D. Fast

例题分析：SmallChage 为用户单击滚动条箭头时，滚动条控件的 Value 属性值的改变量；LargeChange 为用户单击滚动条和滚动箭头之间的区域时，滚动条的 Value 属性值的改变量。Value 为滚动条的当前值。Fast 属性不存在。

答案：A

【例 7-9】如果列表框（List1）中没有被选定的项目，则执行 List1. RemoveItem List1. ListIndex 语句的结果是_____。

    A. 移去第一项   B. 移去最后一项

    C. 移去最后加入列表的选项   D. 以上都不对

例题分析：当没有选定任何项目时，List1. ListIndex 为 -1，因为列表项从 0 开始编号，所以执行 List1. RemoveItem List1. ListIndex 时出错。

答案：D

举一反三：没有被选定的项目时，列表框和组合框的 ListIndex 属性都为 -1。

【例 7-10】在窗体上添加一个名称为 List1 的列表框和一个名称为 Label1 的标签。列表框中显示若干城市的名称。当单击列表框中的某个城市名称时，在标签中显示选中的城市名称。下列能正确实现上述功能的程序是_____。

```
    A. Private Sub Combo1_Click( )
            Label1. Caption = List1. ListIndex
       End Sub
    B. Private Sub Combo1_Click( )
            Label1. Name = List1. ListIndex
       End Sub
    C. Private Sub Combo1_Click( )
            Label1. Caption = List1. Text
       End Sub
    D. Private Sub Combo1_Click( )
            Label1. Name = List1. Text
       End Sub
```

例题分析：列表框的 Text 属性返回被选中列表项的文本内容，然后赋值给标签的标题属性 Caption。

答案：C

【例7-11】引用列表框（List1）最后一个数据项应使用的表达式是_____。

A. List1. List(List1. ListCount) 　　　　　B. List1. List(List1. ListCount - 1)

C. List1. List(ListCount) 　　　　　　　　　D. List1. List(ListCount - 1)

例题分析：因列表的项目从 0 开始编号，所以最后一个项目的序号应该为项目总数减1。另外，ListCount 为列表框的一个属性，引用时必须加上对象名，所以正确的表示为 List1. ListCount - 1。

答案：B

【例7-12】设组合框 Combo1 中有 3 个项目，以下能删除最后一项的语句是_____。

A. Combo1. RemoveItem Text 　　　　　　B. Combo1. RemoveItem 2

C. Combo1. RemoveItem 3 　　　　　　　　D. Combo1. RemoveItem Combo1. Listcount

答案：B

【例7-13】组合框有 3 种风格，它们由 Style 属性所决定，其中为下拉组合框时，Style 属性值应为_____。

A. 0 　　　　　　B. 1 　　　　　　C. 2 　　　　　　D. 3

答案：C

【例7-14】语句 List1. RemoveItem 1 将删除 List. ListIndext 等于_____的项目。

A. 0 　　　　　　B. 1 　　　　　　C. 2 　　　　　　D. 3

答案：B

【例7-15】若要清除列表框的所有内容，可用来实现的方法是_____。

A. RemoveItem 　　　B. Cls 　　　　C. Clear 　　　　D. 以上均不可以

例题分析：RemoveItem 只能删除一个项目，Clear 能删除所有项目。Cls 为清除窗体或图片框的方法。

答案：C

【例7-16】为组合框 Combo1 增加数据项"计算机"，下列_____命令是正确的。

A. Combo1. Text = "计算机" 　　　　　　　B. Combo1. ListIndex = "计算机"

C. Combo1. AddItem "计算机" 　　　　　　D. Combo1. AddItem = "计算机"

例题分析：要在组合框增加项目，应使用 AddItem 方法。答案 A 的功能是使组合框的编辑域显示"计算机"。答案 D 错误，因为调用方法的语句格式不正确。

答案：C

举一反三：列表框和组合框增加一个数据项的方法为 AddItem，删除一个数据项的方法为 RemoveItem。

【例7-17】为了使列表框中的项目呈多列显示，需要设置的属性为_____。

A. Columns 　　　　B. Style 　　　　C. List 　　　　D. MultiSelect

例题分析：Columns 属性用来决定列表框是在一列中垂直滚动（这时值为 0）还是在多列中水平滚动（这时值大于 0）。

答案：A

【例7-18】为了停止计时器控件计时，需要设置计时器控件的属性是_____。

A. Name 　　　　B. Index 　　　　C. Tag 　　　　D. Interval

例题分析：计时器控件计时的时间间隔由 Interval 属性决定，当 Interval 为 0 时，计时器就停止计时。

答案：D

举一反三：停止计时器计时的方法有两种，一种是将计时器的 Interval 属性值设置为 0，另一种是将计时器的 Enabled 属性值为 False。

【例 7-19】若想使计时器控件每隔 0.25 秒触发一次 Timer（）事件，则可将 Interval 属性值设为_____。

A. 0.25　　　　　　B. 25　　　　　　C. 250　　　　　　D. 2500

例题分析：控制计时器控件时间间隔的 Interval 属性的单位为毫秒，而 0.25 秒等于 250 毫秒。

答案：C

【例 7-20】计时器的 Interval 属性为 0 时，表示_____。

A. 计时器失效　　　　　　　　　　　B. 相隔 0 秒

C. 相隔 0 毫秒　　　　　　　　　　　D. 计时器的 Enable 属性为 False

答案：A

【例 7-21】下面_____对象在运行时一定不可见。

A. Shape　　　　　B. Timer　　　　　C. TextBox　　　　　D. OptionButton

答案：B

【例 7-22】在窗体上画一个文本框和一个计时器控件，名称分别为 Text1 和 Timer1，在属性窗口中将计时器的 Interval 属性设置为 1000，Enabled 属性设置为 False，程序运行后，如果单击按钮，则每隔 1 秒钟在文本框中显示一次当前的时间。以下是实现上述操作的程序，在空缺处应填入_____。

```
Private Sub Command1_Click()
    Timer1. _____
End Sub
Private Sub Timer1_Timer()
    Text1. Text = Time
End Sub
```

A. Enabled = True　　B. Enabled = False　　C. Visible = True　　D. Visible = False

答案：A

【例 7-23】Visual Basic 中的坐标原点位于_____。

A. 容器右上角　　　B. 容器左上角　　　C. 容器正中央　　　D. 容器右下角

答案：B

【例 7-24】以下不具有 Picture 属性对象的是_____。

A. 窗体　　　　　B. 图片框　　　　　C. 图像框　　　　　D. 文本框

答案：D

【例 7-25】_____对象不能作为控件的容器。

A. Form　　　　　B. PictureBox　　　　　C. Shape　　　　　D. Frame

答案：C

【例 7-26】要在图片框 P1 中打印字符串"HowAreYou"，应使用语句_____。

A. Picture1. Print = "HowAreYou"　　　　　B. P1. Picture = LoadPicture("HowAreYou")

C. P1. Print "HowAreYou"　　　　　　　　　D. Print "HowAreYou"

答案：C

【例7-27】在窗体中添加一个形状控件 Shape1，显示一个椭圆，则需要在窗体事件代码中加入的语句为_____。

A. Shape1. Shape = 1　　　　　　　　　　　B. Shape1. Shape = 2

C. Shape1. Shape = 3　　　　　　　　　　　D. Shape1. Shape = 4

相关知识：形状控件通过设置 Shape 属性值分别为 0、1、2、3、4、5 可以显示矩形、正方形、椭圆、圆、圆角矩形及圆角正方形。

答案：B

【例7-28】在程序中将图片文件 mypic. jpg 装入图片框 Picture1 的语句是_____。

A. Picture1. Picture = "mypic. jpg"

B. Picture1. Image = "mypic. jpg"

C. Picture1. Picture = LoadPicture("mypic. jpg")

D. LoadPicture("mypic. jpg")

相关知识：如果图片文件 mypic. jpg 和本工程文件在同一个文件夹里，那么在程序中可以使用相对路径来加载图片，即 Picture1. Picture = LoadPicture("mypic. jpg")，也可以使用绝对路径加载图片。

答案：C

【例7-29】在程序代码中清除图片框 Picture1 中的图形的正确语句是_____。

A. Picture1. Picture

B. Picture1. Picture = LoadPicture ("")

C. Picture1. Image = ""

D. Picture1. Picture = null

相关知识：在窗体、图片框、图像框、命令按扭等控件上显示图片的方法有 2 种，即在设计阶段设置 Picture 属性，在程序中用 LoadPictue 函数加载图片。

例题分析：在程序代码中要清除图片框中的图形，应使用 LoadPicture 函数。该函数的功能是根据参数（路径及文件名）找到图片，并把图片显示到图片框上，例如，Picture1. Picture = LoadPicture("D:\pic\123. bmp")。如果参数为空（不提供路径及文件名），则该函数会清除图片框中的图片，所以答案为 B。

答案：B

【例7-30】为了使图片框大小适应图片的大小，下面属性设置正确的是_____。

A. AutoSize = True　　　　　　　　　　　　B. AutoSize = False

C. AutoRedraw = True　　　　　　　　　　　D. AutoRedraw = False

相关知识：图片框的属性。

例题分析：正常情况下，图片按原始尺寸显示在图片框中，如果图片框比图片小，则只能显示图片的一部分，如果图片框比图片大，则图片框上多余的空间就会被浪费。图片框的 AutoSize 属性解决了这个问题，如果把 AtuoSize 属性设置为 True，那么图片框的尺寸就会自动变化，以适应图片的大小。

答案：A

举一反三：与图片框的 AutoSize 属性类似，图像框也有个属性为 Stretch，但当 Stretch 属性为 True 时，图片大小自动适应图像框的大小，适应的方向和图片框相反。

【例 7-31】Cls 方法可以清除的窗体或图片框中的信息是_____。

A. Picture 属性设置的背景图案　　　　B. 在设计时放置的控件

C. 程序运行时产生的图形和文字　　　　D. 以上方法都对

相关知识：Picture 属性设置的背景图案要用 LoadPicture 函数清除，清除控件要设置 Visible 属性为 False 或用 Unload 方法实现。

例题分析：Cls 方法只可以清除 Print、Pset、Line、Circle 等方法显示的文字和图形。

答案：C

【例 7-32】Cls 方法对_____控件有效。

A. 窗体、图像框　　　　　　　　　　B. 窗体、图片框

C. 屏幕、窗体　　　　　　　　　　　D. 图像框、图片框

例题分析：只有窗体和图片框具有 Cls 方法。

答案：B

举一反三：其他绘图方法，如 Pset、Line、Circle 等都是窗体和图片框独有的。

【例 7-33】若要在图片框中绘制一个椭圆，使用的方法是_____。

A. Circle　　　　　　B. Line　　　　　　C. Point　　　　　　D. Pset

例题分析：Circle 可以画圆，也可以画椭圆。当画椭圆时，用户要提供第 6 个参数，该参数决定椭圆高和宽的比例，例如，Picture1. Circle（1000，1000），500，，，，，1/3。

答案：A

7.2.2　填空题

【例 7-34】在窗体中添加 1 个列表框，然后编写如下两个事件过程：

```
Private Sub Form_Click( )
    List1. RemoveItem 1
    List1. RemoveItem 3
    List1. RemoveItem 2
    List1. RemoveItem 0
End Sub
Private Sub Form_Load( )
    List1. AddItem "AA"
    List1. AddItem "BB"
    List1. AddItem "CC"
    List1. AddItem "DD"
    List1. AddItem "EE"
End Sub
```

程序运行，当单击窗体后列表框中剩余的数据为_____。

例题分析：首先明确两点。

72

1）数据项的索引号就是数据项在列表框中的自然顺序号。

2）列表框的数据项从 0 开始编号。

程序先执行 Form_ Load 事件过程，执行后列表框中的数据项依次为 AA、BB、CC、DD、EE。当执行 Form_ Click 事件过程时，列表框中数据项的变化情况如下：

```
List1. RemoveItem 1        '执行后,列表框中剩下 AA、CC、DD、EE
List1. RemoveItem 3        '执行后,列表框中剩下 AA、CC、DD
List1. RemoveItem 2        '执行后,列表框中剩下 AA、CC
List1. RemoveItem 0        '执行后,列表框中剩下 CC
```

答案：CC

【例7-35】在窗体中添加 1 个组合框，然后编写如下事件过程：

```
Private Sub Form_Click( )
    For i = 0 to 5
        Combo1. AddItem i
    Next i
    For i = 1 to 3
        Combo1. RemoveItem i
    Next i
    Print Combo1. List(2)
End Sub
```

运行程序后，组合框中数据项的值是_____。

例题分析：程序中的第一个循环执行后，组合框中的数据项为 0 1 2 3 4 5。当执行第 2 个循环时，组合框中的数据项变化情况如下。

当 i = 1 时，删除了"1"，剩余 02345；

当 i = 2 时，删除了"3"，剩余 0245；

当 i = 3 时，删除了"5"，剩余 024。

所以 Combo1. List(2)的值为"4"。

答案：4

【例7-36】在窗体上添加 1 个列表框和 1 个文本框，然后编写如下两个事件过程：

```
Private Sub Form_Load( )
    List1. AddItem "a"
    List1. AddItem "b"
    List1. AddItem "c"
    List1. AddItem "d"
    Text1. Text = ""
End Sub
Private Sub List1_DblClick( )
    M = List1. Text
    Print M + Text1. Text
End Sub
```

程序运行后，在文本框中输入"e"，然后双击列表框中的"d"，则输出结果为_____。

例题分析：程序先执行 Form_ Load 事件过程，执行后 List1 中有 4 个选项，分别为 a、b、c、d。在文本框中输入"e"时，Text1 的 Text 属性被赋值为"e"。双击 List1 中的"d"时会选中此项，同时触发 List1_DblClick 事件过程，该过程中语句 M = List1. Text 使 M 赋值为"d"，语句 Print M + Text1. Text 把 M 的内容"d"和 Text1. Text 的内容"e"连接，然后打印到窗体上。

答案：de

【例 7-37】 在窗体上添加 1 个名称为 Timer1 的计时器控件和 1 个名称为 Label1 的标签。运行程序后，在标签中显示当前时间的数字时钟（包括时: 分: 秒），程序运行结果如图 7-1 所示。请将程序补充完整。

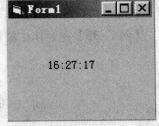

图 7-1　显示时间

```
Private Sub Form_Load( )
        Timer1. Interval = 1000
End Sub
Private Sub Timer1_Timer( )
        __[1]__
End Sub
```

例题分析：若让标签显示时间，必须把时间赋值给标签的 Caption 属性，而时间要用系统函数 Time 返回，所以需要执行 Label1. Caption = Time。

Time 函数只能返回调用它时那一刻的时间，所以在本例中，把显示时间的语句放在计时器控件的 Timer 事件中，并把计时器控件的时间间隔设置为 1000（1 秒），这样每隔 1 秒便触发一次 Timer 事件，即更新一次时间。

答案：[1] Label1. Caption = Time

【例 7-38】 在窗体上添加 1 个标签，其名称为 Label1，Caption 属性值为"环保第一"；添加 2 个复选框，其名称分别为 Check1 和 Check2，Caption 属性值分别为"粗体字"和"下画线"；添加 1 个命令按钮，Caption 属性值为"确定"。程序运行时，如果只选择"粗体字"，按"确定"按钮后，则"环保第一"字体加粗。如果"粗体字"和"下画线"同时选择，按"确定"按钮后，则"环保第一"字体加粗且有下画线。如果只选择"下画线"，按"确定"按钮后，则"环保第一"字体非粗体，但有下画线。如果什么都不选，按"确定"按钮后，则"环保第一"字体非粗体，且不加下画线。请将程序补充完整。

```
Private Sub Command1_Click( )
        If __[1]__ Then
            Label1. FontBold = True
        Else
            Label1. FontBold = False
        End If
        If __[2]__ Then
            Label1. FontUnderline = True
        Else
            Label1. FontUnderline = False
```

```
        End If
    End Sub
```

例题分析： 本题中是两个双分支结构，明显缺少两个分支条件（逻辑表达式）。从第一个双分支结构可以看出，当分支条件为真时，执行语句 Label1. FontBold = True，即把 Label1 设置为粗体；当条件为假时，取消粗体。所以应填写判断 Check1 是否选中的逻辑表达式，复选框的 Value 值为 1 时表示选中，逻辑表达式应为 Check1. Value = 1。同理，第二个条件为 Check2. Value = 1。

答案： [1] Check1. Value = 1 或 Check1 = 1
　　　　 [2] Check2. Value = 1 或 Check2 = 1

【例7-39】 在窗体上有两个列表框 List1 和 List2，以及标签 Label1。程序功能为：随机生成 100 个 0 ~ 20 的随机数添加到 List1 中，并将这些随机数中的 0 元素删除，添加到 List2 中。最后在 Label1 中显示 0 元素的个数，请将程序补充完整。

```
Private Sub Form_Load( )
    Dim n As Integer
    Dim i, x, k As Integer
    Dim a(100) As Integer, b(100) As Integer
    Randomize
    n = 100
    For i = 1 To   [1]
        x = Int(21 *   [2]  )
        List1. AddItem x
        a(i) = x
    Next i
    k = 0
    For i = 1 To n                    '删除 0 元素
        If a(i) < > 0 Then
              [3]
            b(k) = a(i)
            List2. AddItem b(k)
        End If
    Next i
    Label1. Caption = "数组中 0 元素个数:" + Str(n - k)
End Sub
```

答案： [1] n 或 100　　 [2] Rnd 或 Rnd( )　　 [3] k = k + 1 或 k = 1 + k

【例7-40】 编写一个缩放图片的程序。在窗体上添加 3 个命令按钮，名称为 Command1 ~ Command3，标题分别为"放大"、"缩小"、"全屏"。再添加 1 个图像框，名称为 Image1，在属性窗口中利用 Picture 属性为图像框添加一幅任意图片。程序运行时，如图 7-2 所示，单击"放大"或"缩小"按钮时，图片进行放大或缩小；单击"全屏"按钮时，图片在窗体中全屏显示。完善下列程序。

图 7-2　缩放图片

```
Private Sub Form_Load( )
        Image1. Height = 384
        Image1. Width = 384
End Sub
Private Sub Command1_Click( )
        If Image1. Height < Form1. ScaleHeight - 50 Then
            Image1. Height = __[1]__ + 50
            Image1. Width = Image1. Width + 73
        End If
End Sub
Private Sub Command2_Click( )
        If Image1. Height > 50 And Image1. Width > 60 Then
            Image1. Height = Image1. Height - 50
            Image1. Width = Image1. Width - 73
        End If
End Sub
Private Sub Command3_Click( )
        Image1. Height = __[2]__
        Image1. Width = __[3]__
End Sub
```

例题分析： 放大或缩小图片是改变图像框的 Height 和 Width 属性，每单击一次按钮就增加或减少一定的数值，是自身属性值的递增或递减。全屏显示时，图像框与窗体的高度和宽度相同，所以此时把窗体的高度和宽度属性值赋值给图像框。

答案： [1] Image1. Height   [2] Form1. ScaleHeight   [3] Form1. ScaleWidth

思考： 为什么第 2 个和第 3 个答案中，窗体的高度和宽度属性值不用 Form1. Height 和 Form1. Width 来表示？

【例7-41】 在窗体上添加两个 Line 控件，名称分别为 Line1 和 Line2，垂直位于窗体的左右两侧。添加一个计时器控件 Timer1，设置其 Interval 属性值为 100，再添加一个 Shape 控件，名称为 Shape1，设置其 Shape 属性值为 3，使其显示为一个圆，填充色为蓝色。程序运行时如图 7-3 所示，Shape1 会自动在 Line1 与 Line2 之间往复运动，当 Shape1 的右端运动到 Line2 时，自动改变方向向左运动，当 Shape1 的左端运动到 Line1 时，自动改变方向向右运动。完善下列程序。

```
Dim s As Integer
Private Sub Form_Load( )
s = 50
End Sub
Private Sub Timer1_Timer( )
        Shape1. Move Shape1. Left + s, Shape1. Top
        If Shape1. Left + __[1]__ >= Line2. X1 Then
            s = - s
        End If
```

图 7-3 运行界面

```
        If Shape1. Left  <=    [2]    Then
            s = - s
        End If
    End Sub
```

例题分析：Shape 控件的左右运动通过改变其 Left 属性值实现，要使其在 Line1 与 Line2 之间运动，其 Left 属性值应大于或等于 Line1. X1（或 Line1. X2），其 Left 属性值加上自身的宽度应小于或等于 Line2. X1（或 Line2. X2）。

答案：[1] Shape1. Width   [2] Line1. X1 或 Line1. X2

7.3 实验指导

7.3.1 实验1 编写格式化字体的程序

1. 实验目的

掌握单选按钮、复选框、框架的使用方法。

2. 实验内容

编写可以格式化字体的程序。

项目分析：程序运行时，在"字体外观"框架中选择一个或多个复选框，在"字体名称"框架中选择一种字体，在"字体颜色"框架中选择一种前景颜色，可以使文本框中的文本格式按所选择的参数进行设置。

项目设计：

1）创建界面。在窗体中添加 1 个文本框、2 个命令按钮和 3 个框架，在第一个框架中有 4 个复选框，在另外两个框架中各添加 4 个单选按钮，界面设计如图 7-4 所示。

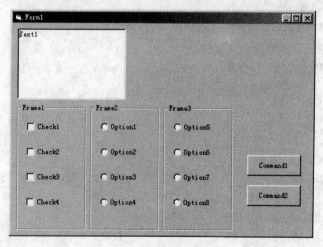

图 7-4 界面设计

2）设置属性。在属性窗口中将 Text1 的 MultiLine 属性值设为 True，其他各控件的属性设置通过 Form_Load 事件过程中的语句来实现，包括在文本框中显示一首诗（部分），两个命令按钮的标题分别设置为"清除"和"退出"，3 个框架的标题分别设置为"字体外观"、

"字体名称"和"字体颜色",并为每个复选框和单选按钮设置相应的标题。

3)编写代码。下面给出的程序代码不完整,请将程序中带"??"的地方改为正确内容,使其实现注释语句中所述的功能。不必修改程序中的其他部分和其他属性。

```
Private Sub Form_Load( )
        c1 = Chr(13) + Chr(10)                    'c1 赋值为回车换行符
        Caption = "文本框格式化"
        '在文本框中写 4 行诗句
        Text1. Text = "好雨知时节" & c1 &"当春乃发生" & c1 & "随风潜入夜"
        Text1. Text = Text1. Text & c1 & "润物细无声"
        '设置各框架中单选钮和复选框的标题
        Frame1. Caption = "字体外观"
        Check1. Caption = "粗体"
        Check2. Caption = "斜体"
        Check3. Caption = "下画线"
        Check4. Caption = "中画线"
        Frame2. Caption = "字体名称"
        Option1. Caption = "宋体"
        Option2. Caption = "黑体"
        Option3. Caption = "隶书"
        Option4. Caption = "幼圆"
        Frame3. Caption = "字体颜色"
        Option5. Caption = "红色"
        Option6. Caption = "蓝色"
        Option7. Caption = "绿色"
        Option8. Caption = "黑色"
        '设置命令按钮的标题
        Command1. Caption = "清除"
        Command2. Caption = "退出"
End Sub
Private Sub Check1_Click( )
        ??  = Check1. Value                       '设置文本框中文字是否为粗体
End Sub
Private Sub Check2_Click( )
        ??  = Check2. Value                       '设置文本框中文字是否为斜体
End Sub
Private Sub Check3_Click( )
        ??  = Check3. Value                       '设置文本是否有下画线
End Sub
Private Sub Check4_Click( )
        Text1. FontStrikethru = Check4. Value     '设置文本是否有删除线
End Sub
Private Sub Command1_Click( )
```

78

```
        Text1. Text = ""                        '清除文本框中的信息,并把焦点移到文本框中
    End Sub
    Private Sub Command2_Click( )
        End                                      '结束程序运行
    End Sub
    Private Sub Option1_Click( )
        Text1. FontName = ??                     '设置文本为宋体
    End Sub
    Private Sub Option2_Click( )
        Text1. FontName = ??                     '设置文本为黑体
    End Sub
    Private Sub Option3_Click( )
        Text1. FontName = ??                     '设置文本为隶书
    End Sub
    Private Sub Option4_Click( )
        Text1. FontName = ??                     '设置文本为幼圆
    End Sub
    Private Sub Option5_Click( )
        Text1. ForeColor = vbRed                 '设置文本为红色
    End Sub
    Private Sub Option6_Click( )
        Text1. ForeColor = ??                    '设置文本为绿色
    End Sub
    Private Sub Option7_Click( )
        Text1. ForeColor = ??                    '设置文本为蓝色
    End Sub
    Private Sub Option8_Click( )
        Text1. ForeColor = vbBlack               '设置文本为黑色
    End Sub
```

4) 运行程序,程序运行结果如图 7-5 所示。

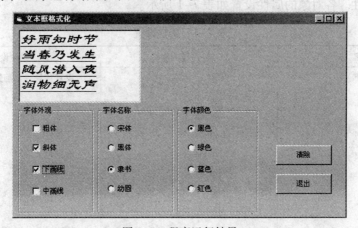

图 7-5 程序运行结果

5）调试运行后保存程序。

7.3.2 实验2 编写设置文本颜色和字号的程序

1. 实验目的

1）掌握框架的使用方法。

2）掌握滚动条的使用方法。

3）掌握滚动条的 Change 事件。

2. 实验内容

编写一个可以设置文本颜色和字号的程序。

项目分析：程序运行时，用户单击"背景色"，然后调节水平滚动条，可以改变文本框的背景颜色；单击"前景色"，然后调节水平滚动条，可以改变文本框的前景色；调节垂直滚动条，可以改变文本框的字号。本程序中使用了颜色函数 QBColor(参数)，参数值为0～15，分别代表16种颜色，例如，QBColor(2)将返回绿色的颜色值。

项目设计：

1）创建界面。在窗体中添加1个文本框、2个框架，在其中的一个框架中添加2个单选按钮和1个水平滚动条，在另一个框架中添加1个标签和1个垂直滚动条，如图7-6所示。

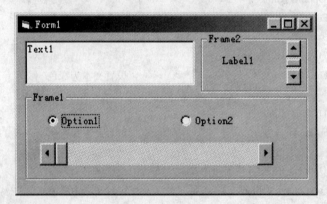

图7-6 界面设计

2）设置属性。各对象的属性设置如表7-1所示。

表7-1 属性设置

控件名称	属性名称	属性设置值
Text1	Text	设置背景色、前景色、字号
Frame1	Caption	颜色
Frame2	Caption	字号
Option1	Caption	背景色
Option2	Caption	前景色
HScroll1	Min	0
	Max	15
VScroll1	Min	5
	Max	15

3）编写代码。下面给出的程序代码不完整，请将带"??"的地方改为正确的语句，使其能够完成实验所述的功能。不必修改程序中的其他部分和其他属性。

```
'当调节水平滚动条时,触发该滚动条的 Change 事件,代码如下
Private Sub HScroll1_Change( )
    If ?? = True Then
        Text1. BackColor = QBColor( ?? )
    End If
    If ?? = True Then
        Text1. ForeColor = QBColor( ?? )
    End If
End Sub
'当调节垂直滚动条时,触发该滚动条的 Change 事件,代码如下
Private Sub VScroll1_Change( )
    Label1. Caption = Str( VScroll1. Value) & "号"
    Text1. FontSize = ??
End Sub
```

4）运行程序，程序运行结果如图 7-7 所示。

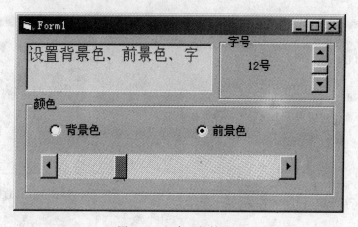

图 7-7　程序运行结果

5）调试运行后保存程序。

7.3.3　实验 3　列表框的使用方法

1. 实验目的
掌握列表框的使用方法。

2. 实验内容
设计产生随机数并将其显示在列表框中的程序。

项目分析：单击"追加随机数"按钮，将在列表框末尾追加一个随机整数（介于 0 ~ 100 之间，不包括 100），单击"删除所选数"按钮可以删除所选择的项，单击"清空所有数"按钮可以删除所有项。

项目设计：

1）创建界面。在窗体中添加 1 个列表框、3 个命令按钮。

2）设置属性。名称属性分别为 List1、Command1、Command2、Command3，3 个命令按钮的 Caption 属性分别设置为"追加随机数"、"删除所选数"和"清空所有数"。

3）编写代码。下面给出的程序代码不完整，请将带"??"的地方改为正确语句，使其能够完成实验所述功能。不必修改程序的其他部分和其他属性。

```
Private Sub Command1_Click( )
    Dim x As Integer
    Randomize
    '产生大于等于 0 小于 100 的整数
    x = Int( Rnd * 100 )
    '下面的语句用来在列表框中添加项目
    ?? Str( x )
End Sub
Private Sub Command2_Click( )
    If List1. ListIndex < > -1 Then
        '下面语句用来删除列表框中选中的项目
        ??
    Else
        MsgBox "还没有做选择"
    End If
End Sub
Private Sub Command3_Click( )
    '下面语句用来清除列表框中的所有项目
    ??
End Sub
```

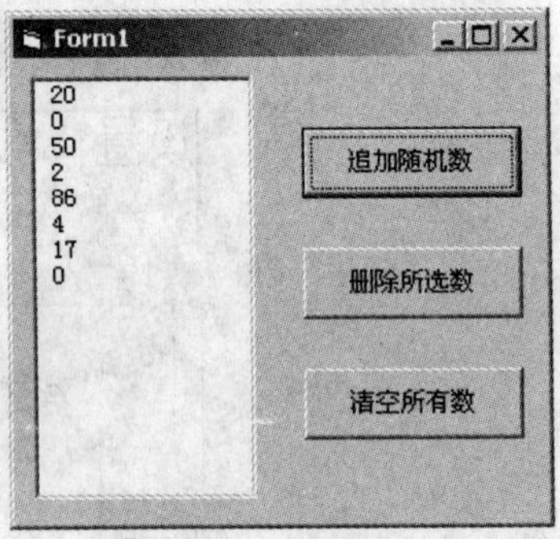

4）运行程序，程序运行结果如图 7-8 所示。

5）调试运行后保存程序。

图 7-8　程序运行结果

7.3.4　实验 4　组合框的使用方法

1. 实验目的

掌握组合框的使用方法。

2. 实验内容

编写一个利用组合框改变窗体中显示文字的程序。

项目分析： 程序运行时，在窗体上显示"VB 程序设计"几个字。窗体上的 2 个组合框分别用来设置窗体上文字的字体和字号。单击组合框，从中选择字体和字号，窗体上显示的文字会随之作相应的变化。

项目设计：

1）创建界面。在窗体中添加 3 个标签、2 个组合框。界面设计如图 7-9 所示。

2）设置属性。标签和组合框的属性设置如表 7-2 所示。

表7-2　属性设置

控 件 名 称	属 性 名 称	属 性 设 置 值
Label1	Caption	VB 程序设计
Label2	Caption	字号
Label3	Caption	字体
Combo1	Text	空
Combo2	Text	空

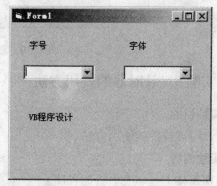

图7-9　实验4界面设计

3）编写代码。下面给出的程序代码不完整，请将带"??"的地方改为正确语句，使其实现注释语句所述的功能。不必修改程序的其他部分和其他属性。

```
'在窗体 Load 事件中为两个组合框添加字号和字体
Private Sub Form_Load( )
    Combo1. AddItem 10
    Combo1. AddItem 15
    Combo1. AddItem 20
    Combo2. AddItem "黑体"
    Combo2. AddItem "隶书"
    Combo2. AddItem "宋体"
End Sub
'单击"字号"组合框中某一项目时改变窗体中文字的字号
Private Sub Combo1_Click( )
    ??
End Sub
'单击"字体"组合框中某一项目时改变窗体中文字的字体
Private Sub Combo2_Click( )
    ??
End Sub
```

4）运行程序，程序运行结果如图7-10所示。

5）调试运行后保存程序。

图 7-10　程序运行结果

7.3.5　实验 5　计时器的使用方法

1. 实验目的

掌握计时器控件的使用方法。

2. 实验内容

设计在窗体上显示变色板的程序。

项目分析：程序运行时，色板的颜色每隔一定时间改变一次，单击"停止"按钮停止改变颜色，单击"开始"按钮又重新开始改变颜色。

项目设计：

1）创建界面。在窗体上添加 1 个标签、1 个计时器、2 个命令按钮，如图 7-11 所示。

2）设置属性。计时器的 Interval 属性设置为 400，2 个按钮的名称属性值分别为 Command1、Command2，Caption 属性值分别为"开始"、"停止"。

3）编写代码。下面给出的程序代码不完整，请将带"??"的地方改为正确语句，使其实现注释语句所述的功能。不必修改程序的其他部分和其他属性。

```
'模块变量,用于保存颜色参数
Dim i As Integer
'启动计时器的程序代码如下:
Private Sub Command1_Click( )
    ??                              '开始变色
End Sub
'关闭计时器的程序代码如下:
Private Sub Command2_Click( )
    ??                              '停止变色
End Sub
'改变颜色的程序代码如下:
Private Sub ??
    i = i + 1                       '颜色参数值加 1
    If i = 16 Then i = 0            '如果颜色参数超过了 15 要恢复到 0
```

      Label1. BackColor = QBColor(i)   '把标签的背景色设置为新的颜色

   End Sub

4）运行程序，程序运行结果如图 7-12 所示。

图 7-11　界面设置

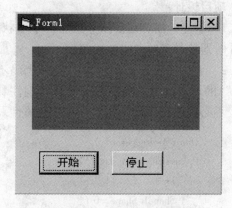
图 7-12　程序运行结果

5）调试运行后保存程序。

技巧：因为 QBColor( ) 函数的参数只能取 0～15 之间的整数，所以本程序中的颜色参数 i 每次加 1 后都到要测试一下是否超过了 15，如果超过了 15 就要返回到 0，语句 If i = 16 Then i = 0 就起到此作用。另外，语句 i = i + 1 和 If i = 16 Then i = 0 可以一起被替换为 i = (i + 1) mod 16。

7.3.6　实验 6　形状控件的使用（一）

1. 实验目的

1）熟悉绘图的方法。

2）掌握 Line 控件的使用方法。

2. 实验内容

设计一个程序，用来在窗体上显示一个三角形。

项目设计：

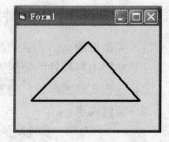

1）创建界面。在窗体上添加 3 个 Line 控件，名称分别为 Line1、Line2、Line3。

2）设置属性。更改控件的 x1、y1、x2、y2 坐标值，使其显示为三角形。更改 BorderWidth 值，使线的宽度为 3。程序运行结果如图 7-13 所示。

图 7-13　程序运行结果

7.3.7　实验 7　形状控件的使用（二）

1. 实验目的

1）熟悉绘图的方法。

2）掌握形状控件 Shape 的使用方法。

2. 实验内容

设计一个程序，用来自动切换窗体中矩形形状的填充图案。

项目分析：程序运行后会在窗体上显示一个矩形，它的填充模式在 8 种类型之间切换，每隔 0.5 秒切换一次，程序运行结果如图 7-14 所示。

项目设计：

1）创建界面。在窗体上添加 1 个形状控件 Shape1，1 个计时器控件 Timer1。

2）编写代码。下面给出的程序代码不完整，请将带 "??" 的地方改为正确语句，使其实现注释语句所述的功能。不必修改程序的其他部分和其他属性。

图 7-14 运行结果

```
Dim i As Integer                          '模块级整型变量,代表填充模式值
Private Sub Form_Load( )
    i = 0
    Shape1. Shape = 0                     '图形为矩形
    Shape1. BorderStyle = 1               '边框线为实线
    Shape1. BorderColor = RGB(255,0,0)    '边框色为红色
    Shape1. FillColor = RGB(0,0,255)      '填充色为蓝色
    Timer1. Interval = 500                '时间间隔为 0.5 秒
    Timer1. Enabled = True                '启动计时器
End Sub
Private Sub Timer1_ ?? ( )
    Shape1. FillStyle = i                 '设置填充模式
    ??  = i + 1                           'i 值加 1
    If i = ?? Then i = 0                  '如果 i 大于 7 了,重新恢复为 0
End Sub
```

7.3.8 实验 8 图形控件的使用

1. 实验目的

1）掌握图形控件的使用方法。

2）熟悉实现图形控件动态运动的方法。

2. 实验内容

设计一个程序，实现圆的横向或纵向运动。

项目分析：程序运行结果如图 7-15 所示。窗体上有一个矩形（Shape1）和一个圆（Shape2），程序运行时，单击"开始"按钮，根据选择的单选按钮的不同，圆会横向或纵向运动，运动到矩形边界时，圆会弹回，向相反的方向运动。单击"停止"按钮，圆停止运动。在圆运动过程中可以随时改变它的运动方向。

项目设计：

1）创建界面。在窗体上放置 2 个形状控件 Shape1 和 Shape2、2 个单选按钮 Option1 和 Option2、2 个命令按钮 Command1 和 Command2，以及一个计时器控件 Timer1。

2）设置属性。控件的属性设置如表 7-3 所示。

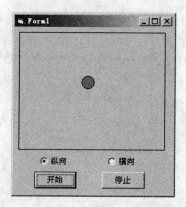

图 7-15   形状控件的运动

表 7-3   属性设置

控 件 名	属 性	设 置 值
Shape1	Shape	0
Shape2	Shape	3
Command1	Caption	"开始"
Command2	Caption	"停止"
Option1	Caption	"纵向"
Option2	Caption	"横向"
Timer1	Enabled	False
	Interval	50

3) 编写代码。下面给出的程序代码不完整,请将带"??"的地方改为正确语句,实现注释语句所述的功能。不必修改程序的其他部分和其他属性。

```
Dim s As Integer            '定义模块级变量 s,控制圆运动增量的符号变化
Private Sub Command1_Click( )
    Timer1. Enabled = True
End Sub
Private Sub Command2_Click( )
    Timer1. Enabled = False
End Sub
Private Sub Form_Load( )
    s = 1
End Sub
Private Sub Timer1_Timer( )
    If ?? Then
        Shape2. Top = Shape2. Top + s * 50
    If Shape2. Top <= Shape1. Top Or Shape2. Top + Shape2. Height  >= Shape1. Top + Shape1. Height Then
        s = - s
    End If
```

```
        ElseIf Option2 Then
            Shape2. Left = ??   + s * 50
            If Shape2. Left  <=  ?? Or Shape2. Left + Shape2. Width  >=  Shape1. Left + Shape1. ?? Then
                s = − s
            End If
        End If
    End Sub
```

第8章 数组和过程

8.1 知识要点

1）掌握数组的定义及操作。
2）掌握控件数组的使用。
3）掌握 Sub 过程和 Function 过程的建立与使用。
4）掌握参数的传递。

8.2 相关知识与例题分析

8.2.1 选择题

【例8-1】下列程序的运行结果为_____。

```
Private Sub Form_Click( )
    Dim a
    a = Array(1,2,3,4,5)
    For i = LBound(a) To UBound(a)
        a(i) = i * a(i)
    Next i
    Print i,LBound(a),UBound(a),a(i)
End Sub
```

A. 4 0 4 25 　　B. 5 0 4 25 　　C. 不确定 　　D. 程序出错

例题分析：此题考查的是数组的初始化。循环变量的初终值由取得数组下标下界值函数 LBound( ) 和取得数组下标上界值函数 UBound( ) 组成。数组有 5 个元素，下标为 0~4。当循环结束时 i 值为 5，用 Print 语句输出 a(i)（即 a(5)）时，会出现下标越界错误。

答案：D

【例8-2】下列数组声明正确的是_____。

A. n = 5
　　Dim a(1 To n)As Integer

B. Dim a(10)As Integer
　　ReDim a(1 To 12)

C. Dim a( )As Single
　　ReDim a(3,4)As Integer
　　ReDim a(1 To n)As Integer

D. Dim a( )As Integer
　　n = 5

例题分析：A选项错，在静态数组下标值不允许是变量；B选项错，在 Dim 语句中声明的数组维数不为空，而静态数组不能使用 ReDim 语句重定义；C选项错，在重定义数组时，改变了第一次定义数组时的数据类型。动态数组 ReDim 语句中的下标可以是常量，也可以是有了确定值的变量。

　　答案：D

　　【例8-3】 在 Activate 事件过程中，写入下面的程序：

```
Option Base 1
Private Sub Form_Activate( )
    Dim t As Integer
    Dim a( ) As Variant
    a = Array(2,4,6,8,10,1,3,5,7,9)
    For i = 1 To 10\2
      t = a(i)
      a(i) = a(10 - i+1)
      a(10 - i+1) = t
    Next i
    For j = 1 To 10
      Print a(j);
    Next j
End Sub
```

　　运行程序时，显示的结果是_____。

A. 2 4 6 8 10 1 3 5 7 9　　　　　　B. 1 3 5 7 9 2 4 6 8 10

C. 9 7 5 3 1 10 8 6 4 2　　　　　　D. 10 8 6 4 2 9 7 5 3 1

　　例题分析：此题考查的是多重循环和数组元素的输入、输出和复制。此程序功能为数组中首尾元素的交换。在第一个循环中，循环变量值的变化为由 1 到数组下标的中间值（元素个数整除 2），然后利用中间变量 t 将数组第一个元素与最后一个元素交换，第二个元素与倒数第二个元素交换，依此类推。

　　答案：C

　　【例8-4】 阅读下面程序：

```
Option Base 1
Private Sub Form_Click( )
    Dim a( ) As Integer
    Redim a(3,2)
    For i = 1 To 3
        For j = 1 to 2
            a(i,j) = i * 2 + j
        Next j
    Next i
    Redim Preserve a(3,4)
    For j = 3 To 4
```

```
        a(3,j) = 9 + j
      Next j
      Print a(3,2), a(3,4)
    End Sub
```

程序运行后，单击窗体，输出结果为_____。

A. 8   13   B. 0   13   C. 7   12   D. 0   0

例题分析：题中定义的数组 a( ) 为动态数组，Redim a(3,2)后为数组赋值，再次使用 Re-dim 语句时使用了 Preserve 选项，则原数组元素的值保留，所以元素 a(3,2) 中值仍然为 8，a(3,4) 的值为 13。

答案：A

【例8-5】已知在 4 行 3 列的全局数组 score(4,3)中存放了 4 个学生 3 门课程的考试成绩（均为整数）。现需要计算每个学生的总分，某人编写程序如下：

```
    Option Base 1
    Private Sub Command1_Click( )
      Dim sum As Integer
      sum = 0
      For i = 1 To 4
        For j = 1 To 3
            sum = sum + score(i,j)
        Next j
        Print "第" & i & "个学生的总分是：";sum
      Next i
    End Sub
```

运行此程序时，发现除第 1 个人的总分计算正确外，其他人的总分是错误的。程序需要修改。以下修改方案中正确的是_____。

A. 把外层循环语句 For i = 1 To 4 改为 For i = 1 To 3
   内层循环语句 For j = 1 To 3 改为 For j = 1 To 4

B. 把 sum = 0 移到 For i = 1 To 4 和 For j = 1 To 3 之间

C. 把 sum = sum + score(i,j) 改为 sum = sum + score(j,i)

D. 把 sum = sum + score(i,j) 改为 sum = score(i,j)

例题分析：此题是 2008 年 4 月计算机二级真题。程序中用二维数组 score(4,3)存放了 4 个学生 3 门课程的考试成绩，欲求每个学生的总分，即求二维数组每行元素的和，而此处的内循环表示求每行元素的和，因此语句 sum = 0 应在内循环开始前的位置。

答案：B

【例8-6】窗体上有名称分别为 Text1、Text2 的 2 个文本框，有一个由 3 个单选按钮构成的控件数组 Option1，如图 8-1 所示。程序运行后，如果单击某个单选按钮，则执行 Text1 中的数值与该单选按钮所对应的运算（乘以 1、10、或 100），并将结果显示在 Text2 中，如图 8-2 所示。为了实现上述功能，在程序中的空白处应填入的内容是_____。

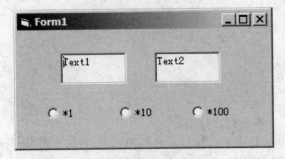

图 8-1　设计界面　　　　　　　　　　　图 8-2　运行结果

```
Private Sub Option1_Click(Index As Integer)
    If Text1. Text <> " " Then
        Select case _____
        Case 0
            Text2. Text = Val(Text1. Text)
        Case 1
            Text2. Text = Val(Text1. Text) * 10
        Case 2
            Text2. Text = Val(Text1. Text) * 100
        End Select
    End If
End Sub
```

A. Index
B. Option1. Index
C. Option1(Index)
D. Option1(Index). Value

例题分析： 单选按钮控件数组中所有控件共享同一事件过程，即 Click 事件过程。控件数组中各控件通过标索引值（Index）来标识，第一个下标索引号为 0，第二个下标索引号为 1，依此类推。

答案： A

【例 8-7】子过程 Sub... End Sub 的形式参数可以是_____。

A. 常数、简单变量、数组变量和运算式
B. 简单变量、数组变量和数组元素
C. 常数、简单变量、数组变量
D. 简单变量、数组变量和运算式

例题分析： 子过程 Sub... End Sub 的形式参数只能是简单变量、数组变量和数组元素，不允许有运算式和常数。

答案： B

【例 8-8】编写如下事件过程：

```
Private Sub Form_Click()
    Dim a As Integer,b As Integer
    a = 10: b = 20
    Call p(a,b)
```

92

```
        Print "a = " ;a;"b = " ;b
    End Sub
    Private Sub p( ByVal x As Integer,y As Integer)
        x = 5
        y = x + y
    End Sub
```

程序运行时，单击窗体后，窗体上显示的值是_____。

A. a = 10   b = 25   B. a = 25   b = 10

C. a = 10   b = 20   D. a = 10   b = 5

例题分析：程序运行后，单击窗体，执行 Form_Click( )事件过程。当执行到 Call p(a,b) 语句时，调用通用过程 p。由于通用过程 p 的形参 x 的前面有关键字 ByVal，这表明形参 x 是按值传递参数，即在过程中 x 的值变化并不影响实参 a 的值，而对形参 y 是按地址传送参数，y 值的变化要影响 b 的值。

答案：A

【例8-9】有如下的程序：

```
    Private Sub Form_Click( )
        Dim a As Integer,b As Integer
        a = 8
        b = 3
        Call test( 6,a,b + 1)
        Print "主程序",6,a,b
    End Sub
    Sub test( x As Integer,y As Integer,z As Integer)
        Print "子程序",x,y,z
        x = 2
        y = 4
        z = 9
    End Sub
```

当运行程序后，显示的结果是_____。

A. 子程序 6 8 4
   主程序 6 4 3

B. 主程序 6 4 3
   子程序 6 8 4

C. 子程序 2 4 9
   主程序 6 4 3

D. 子程序 6 8 4
   主程序 2 4 10

例题分析：调用 Test 过程时，实参数值 "6" 和表达式 "b + 1" 均为值传递，而只有 a 为地址传递，也只有 a 有返回值。

答案：A

【例8-10】阅读程序：

```
    Function F( a As Integer)
        b = 0
```

```
      Static c
      b = b + 1
      c = c + 2
      F = a + b + c
  End Function
  Private Sub Command1_Click( )
      Dim a As Integer
      a = 2
      For i = 1 To 3
      Print F( a ) ;
      Next i
  End Sub
```

运行上面的程序, 单击命令按钮, 输出结果为_____。

A. 2 3 5   B. 5 9 7

C. 5 7 9   D. 9 7 5

例题分析: Static 用于在过程中定义静态变量及数组变量, 如果用 Static 定义了一个变量, 则每次引用该变量时, 其值会使用原来保留的值。

答案: C

【例 8-11】阅读下面的过程:

```
  Private Sub Form_Click( )
      Dim a As Long, b As Long
      a = InputBox( " " )
      Call P( a, b)
      Print b
  End Sub
  Private Sub P( x As Long, y As Long)
      Dim n As Integer, j As String * 1, s As String
      k = Len( Trim( Str( x ) ) )
      s = ""
      For i = k To 1 Step  -1
      j = Mid( x, i, 1)
      s = s + j
      Next i
      y = Val( s)
  End Sub
```

运行程序, 在 InputBox 框中输入 123456, 然后单击输入框的 "确定" 按钮, 则输出结果是_____。

A. 1   B. 123456   C. 6   D. 654321

例题分析: 此题考查的是转换函数和字符串函数。Click 事件过程中, 变量 a、b 为长整型变量, 当单击窗体时, 程序将在 InputBox 框中输入的数值 123456 赋给变量 a, 变量 b 的值为 0，然后调用 P 函数，将 a、b 传给 x、y。可以看出，P 函数的功能是将调用过程传递过来的数值 x 反序显示。执行过程为，将变量 x 转换为字符串、去空格、取长度，然后赋值给 k（值为 6）；利用 For 循环将 x 中数值反序，其执行过程如下：

i = 6   j = Mid(x,i,1) = Mid("123456",6,1) = "6"   s = s + j = "6"

i = 5   j = Mid(x,i,1) = Mid("123456",5,1) = "5"   s = s + j = "6" + "5" = "65"

i = 4   j = Mid(x,i,1) = Mid("123456",4,1) = "4"   s = s + j = "65" + "4" = "654"

i = 3   j = Mid(x,i,1) = Mid("123456",3,1) = "3"   s = s + j = "654" + "3" = "6543"

i = 2   j = Mid(x,i,1) = Mid("123456",2,1) = "2"   s = s + j = "6543" + "2" = "65432"

i = 1   j = Mid(x,i,1) = Mid("123456",1,1) = "1"   s = s + j = "65432" + "1" = "654321"

循环结束后，通过 Val 函数将 s 转换为数值赋给 y，最后将 y 传回给 b 并输出。

答案：D

【例8-12】窗体的 Form_Click( ) 事件过程如下，单击窗体后，窗体上的显示结果是_____。

```
Private Sub Form_Click( )
    Dim a(4) As Byte,i As Byte
    a(0) = 1
    For i = 1 To 4
        a(i) = a(i - 1) + i
        Print a(i);
    Next i
End Sub
```

A. 1 3 5 7   B. 2 4 7 11   C. 2 4 6 8   D. 1 2 4 7

例题分析：此题考查的是为数组元素赋值并显示。定义数组 a(4) 和变量 i 为字节型，字节型数据范围不会超过 255。a(0) 为 1，a(1) = a(0) + 1，即为 2；a(2) = a(1) + 2，即为 4；……依此类推，数组的元素值可根据其前一个元素值求得。

答案：B

【例8-13】窗体的 Form_Click( ) 事件过程如下，单击窗体后的显示结果是_____。

```
Option Base 1
Private Sub Form_Click( )
    Dim a(4,4) As Byte,i As Byte,j As Byte
    For i = 1 To 4
        For j = 1 To 4
            a(i,j) = i + j
            If i = j Then
                Print a(5 - i,5 - j);
            End If
        Next j
        Print
    Next i
```

End Sub

    A. 0 0 4 2　　　　　B. 2 4 6 8　　　　　C. 0 0 2 4　　　　　D. 8 6 4 2

例题分析：此题考查的是二维数组元素赋值并显示的问题。程序中应用双重循环为二维数组赋值，外循环变量 i 表示数组的第一维坐标，内循环变量 j 表示数组的第二维坐标。当 i = j 为 1 时，输出 a(4,4) 的值，而此时 a(4,4) 还未被赋值，因此输出 0；当 i = j 为 2 时，输出 a(3,3) 的值，同样 a(3,3) 也未被赋值，因此输出 0；当 i = j 为 3 时，输出 a(2,2) 的值，此时 a(2,2) 已被赋值为 4，因此输出 4；当 i = j 为 4 时，输出 a(1,1) 的值为 2。

答案：A

【例 8-14】 在窗体上添加一个命令按钮，程序运行时单击 Command1 后，窗体上的输出结果为_____。

```
Private Sub fun( a% ,ByVal b% )
    a = a * 2
    b = b * 2
End Sub
Private Sub Command1_Click( )
    Dim x% ,y%
    x = 10
    y = 20
    Call fun( x,y)
    Print x;y
End Sub
```

    A. 10　20　　　　　B. 10　40　　　　　C. 20　40　　　　　D. 20　20

例题分析：程序运行后，单击按钮，执行 Command1_Click( ) 事件过程。当执行到 Call fun (a，b) 语句时，调用通用过程 fun。此处实参 x 和形参 a 的传递方式是传址，而实参 y 和形参 b 的传递方式是传值，因此实参 x 和形参 a 的值一致为 20，而实参 y 不变仍为 20。

答案：D

【例 8-15】 单击命令按钮后，下列程序的执行结果是_____。

```
Private Sub Command1_Click( )
    s = P(4) + P(3) + P(2) + P(1)
    Print s
End Sub
Public Function P( N As Integer)
    Static Sum
    For i = 1 To N
        Sum = Sum + i
    Next i
    P = Sum
End Function
```

    A. 35　　　　　B. 45　　　　　C. 55　　　　　D. 65

例题分析：此题考查的是函数的定义及使用。单击命令按钮运行主程序后，语句 s = P(4) + P(3) + P(2) + P(1) 表示调用 P 函数 4 次，参数分别为 4、3、2、1。可以看出函数 P 的作用是求 1～N 的累加和，需要注意的是，变量 Sum 是静态变量，每次运行后都保留上一次的运行结果。因此，P(4) 是 1、2、3、4 的和，结果为 10；P(3) 是 10、1、2、3 的和，结果为 16；P(2) 是 16、1、2 的和，结果为 19；P(1) 是 19、1 的和，结果为 20；最后 s 为 65。

答案：D

【例 8-16】 在窗体上画一个命令按钮，然后编写下列程序，连续 3 次单击命令按钮，输出的结果是_____。

```
Private Sub Command1_Click( )
    Tt 3
End Sub
Sub Tt( a As Integer)
    Static x As Integer
    x = x * a + 1
    Print x;
End Sub
```

A. 1 5 8   B. 1 4 13   C. 3 7 4   D. 2 4 8

例题分析：连续 3 次单击命令按钮，也就调用 3 次 Tt 过程。需要注意的是，变量 x 是静态变量，每次运算都要保留上次运算的结果。第 1 次调用过程 Tt，x = 0 * 3 + 1，结果为 1；第 2 次调用过程 Tt，x = 1 * 3 + 1，结果为 4；第 3 次调用过程 Tt，x = 4 * 3 + 1，结果为 13。

答案：B

【例 8-17】 窗体上有一个名称为 Picture1 的图片框控件和一个名称 Label1 的标签控件。现有如下程序：

```
Public Sub display ( x As Control)
    If TypeOf x is Label Then
        x. Caption = "计算机等级考试"
    Else
        x. Picture = Loadpicture( App. path + " \pic. jpg" )
    EndIf
End Sub
Private Sub Label1_Click( )
    Call display( Label1 )
End Sub
Private Sub Picture1_Click( )
    Call display( Picture1 )
End Sub
```

对以上程序，下列叙述中错误的是_____。

A. 程序运行时会出错   B. 单击图片框，在图片框中显示一幅图片

C. 过程中的 X 是控件变量　　　　D. 单击标签，在标签中显示一串文字

例题分析：此题是 2008 年 4 月真题，考查的是控件作为过程的参数进行传递。"形参表"中形参的类型通常为 Control 或 Form。此例中自定义过程 display 的形式参数 x 类型为 Control，在实际调用中实际参数对应的分别为 Label1 标签类型和 Picture1 图片框类型。

答案：A

8.2.2 填空题

【例8-18】 设有如下程序，该程序的功能是用 Array 函数建立一个含有 8 个元素的数组，然后查找并输出该数组中的最小值，请填空。

```
Option Base 1
Private Sub Command1_Click( )
    Dim arr1
    Dim Min As Integer,i As Integer
    arr1 = Array(12,435,76, -24,78,54,866,43)
    Min =  [1]
    For i = 2 To 8
        If arr1(i) < Min Then   [2]
    Next i
    Print "最小值是:";Min
End Sub
```

答案：[1]arr1(1)　　　[2]min = arr1(i)

【例8-19】 在窗体上添加一个命令按钮，编写如下事件过程：

```
Option Base 1
Private Sub Command1_Click( )
    Dim a
    a = Array(1,3,5,7,9)
    j = 1
    For i = 5 To 1 Step -1
        s = s + a(i) * j
        j = j * 10
    Next i
    Print s
End Sub
```

运行上面的程序，单击命令按钮，输出结果是_____。

例题分析：此题考查的是数组的初始化。用 Array 函数将 1、3、5、7、9 这 5 个数值赋给了变量 a，此后 a 就成了具有 5 个元素的一维数组。在 For 循环中：

第 1 次循环结束时，s =9,　　　j =10;

第 2 次循环结束时，s =79,　　　j =100;

第 3 次循环结束时，s =579,　　　j =1000;

第 4 次循环结束时，s = 3579，　　j = 10000；

第 5 次循环结束时，s = 13579，　　j = 100000。

答案： 13579

【例8-20】 完成程序，使程序输出如下所示。

```
0 1 1 1 1 1
2 0 1 1 1 1
2 2 0 1 1 1
2 2 2 0 1 1
2 2 2 2 0 1
2 2 2 2 2 0
```

```
Private Sub Form_Load( )
    Show
    Dim a(6,6) As Integer
    Dim i% ,j% ,k% ,t As Integer
    For i = 1 To   [1]
        For j = 1 To 6
            Select Case   [2]
                Case Is < j
                    a(i,j) = 1
                Case Is > j
                    a(i,j) = 2
                Case Is = j
                    [3]
            End Select
            Print a(i,j);
        Next j
        Print
    Next i
End Sub
```

例题分析： 此题考查二维数组的赋值与输出问题。程序应用二维数组存储二维矩阵的各个元素值并输出。通常应用双重循环为二维数组赋值，外循环变量 i 表示二维矩阵的行数，内循环变量 j 表示二维矩阵的列数。多分支语句的第 1 个分支语句 Case Is < j，即 Case i < j，表示矩阵的上三角；多分支语句的第 2 个分支语句 Case Is > j 表示矩阵的下三角；多分支语句的第 3 个分支语句 Case Is = j 表示矩阵的对角线。

答案： [1]6　[2]i　[3]a(i,j) = 0

【例8-21】 如图 8-3 所示，在窗体上添加 1 个名称为 Text1 的文本框，3 个单选按钮，并用这 3 个单选按钮建立一个控件数组，名称为 Option1，程序运行后，如果单击某个单选按钮，则文本框中的字体将根据所选择的单选按钮切换，请填空。

```
Private Sub Option1_Click(Index As Integer)
    Select Case   [1]
```

```
        Case 0
            a = "宋体"
        Case 1
            a = "黑体"
        Case 2
            a = "楷体_GB2312"
    End Select
    text1.  [2]  = a
End Sub
```

图 8-3 运行结果

例题分析：单选按钮控件数组中所有控件共享同一事件过程，即 Click 事件过程。控件数组中各控件通过标索引值（Index）来标识，索引号依次为 0、1、2。

答案：[1] Index   [2] FontName

【例 8-22】下列程序运行后，单击窗体，能求出并在窗体上显示 1、1 + 2、1 + 2 + 3、1 + 2 + 3 + 4、1 + 2 + 3 + 4 + 5 的和。请将程序补充完整。

```
Private Sub Form_Click( )
    Dim i As Integer, tt As Integer
    For i = 1 To 5
        tt = sum(i)
        Print "tt = "; tt,
    Next i
End Sub
Private Function Sum( [1] )
    [2]
    j = j + n
    sum = j
End Function
```

例题分析：程序运行后，单击窗体，执行 Form_Click( ) 过程。该过程内有 1 个 For... Next 循环，要循环 5 次。

第 1 次循环，调用函数过程 Sum，此时实参 i 的值是 1，赋值给形参 n 后，窗体显示的值是 1。

第 2 次循环，调用函数过程 Sum，此时实参 i 的值是 2，赋值给形参 n 后，执行函数过程 Sum，该函数过程执行结束后，返回值是 1 + 2 的和 3，故第 2 次循环后，窗体显示的值是3。

同理，第3次循环结束后，窗体显示的值是1＋2＋3的和6；第4次循环结束后，窗体显示的值是1＋2＋3＋4的和10；第5次循环后，窗体显示的值是1＋2＋3＋4＋5的和15。

答案：［1］n As Integer   ［2］Static j As Integer 或 Static j%

【例8-23】以下程序是计算 $s = 1 + \dfrac{1}{1!} + \dfrac{1}{2!} + \cdots \dfrac{1}{10!}$，请填空。

```
Private Sub Form_Click( )
    Dim s As Single,m As Integer,p#
    s = 1
    For m = 1 To 10
        p =  [1]
        s = s + 1 / p
    Next m
    Print s
End Sub
Function n( k% )
    p = 1
    For m = 1 To k
        p =  [2]
    Next m
     [3]
End Function
```

例题分析：此题考查的是自定义函数的定义及使用。很显然，自定义函数n的功能是求k!，而在 Form_Click 事件过程中，s＝s＋1/p 表示求某个数倒数的累加和，形式与题目要求相同，p应是求阶乘的结果，因此空［1］为调用函数n，即 p＝n(m)。

答案：［1］n(m)   ［2］p * m   ［3］n = p

8.3　实验指导

8.3.1　实验1　数组

1．实验目的

1）掌握数组的定义方法。

2）掌握利用循环对数组的操作。

2．实验内容

1）定义一个含有5个元素的数组A，用 InputBox 函数为数组元素输入下列值：2、8、－3、15、7。然后将数组元素值输出到窗体上。

提示：数组定义时若使用默认下标，则定义为 Dim A(4)，也可以自定义数组起始下标，例如，Dim(1 to 5)，只要保证数组元素个数正确就可以，但也要考虑使用数组时是否方便。

程序代码如下：

```
Private Sub Form_Click( )
    Dim A(4)
    Dim i As Integer
    For i = 0 To 4
        A(i) = Val(InputBox("请输入一个数","数组输入"))
    Next i
    For i = 0 To 4
        Print A(i);
    Next i
End Sub
```

2）定义一个含有 5 个元素的数组 A，并从 A(1) 开始分别赋值为数列 {1,2,3,4,5} 的相应元素，即 A(1) = 1、A(2) = 2、……然后将数组元素值输出到窗体上。

提示： 因数组的下标默认从 0 开始，所以定义数组 A(5)，为了对应数组下标与数列元素的关系，从 A(1) 开始操作，或者直接定义为 Dim A(1 to 5)。

程序代码如下：

```
Private Sub Form_Click( )
    Dim A(1 to 5)
    Dim i As Integer
    For i = 1 To 5
        A(i) = i
    Next i
    For i = 1 To 5
        Print A(i);
    Next i
End Sub
```

举一反三： 用同样的方法完成下列任务。

为数组 B 赋值为数列 {1,3,5,7,9}

为数组 C 赋值为数列 {2,4,6,8,10}

为数组 D 赋值为数列 {1,4,9,16,25}

为数组 E 赋值为数组 A 和 B 相应元素的和，例如，E(1) = A(1) + B(1)

提示： 将数组元素赋值为有规律的数列，需要找出循环控制变量 i 与数组元素 A(i) 之间的关系，以上关系分别如下所示。

$$B(i) = 2 * i - 1$$
$$C(i) = 2 * i$$
$$D(i) = i^2$$
$$E(i) = A(i) + B(i)$$

3）输入某小组 5 个同学的成绩，计算总分和平均分（保留一位小数）。

提示： 利用 InputBox 函数来输入成绩，然后计算总分和平均分，再采用 Print 直接在窗体上输出结果。

程序代码如下：

```
Private Sub Form_Click( )
    Dim d(5) As Integer
    Dim i As Integer,total As Single,average As Single
    For i = 1 To 5
        d(i) = Val(InputBox("请输入第" & Str(i) &"个学生的成绩","输入成绩"))
    Next i
    total = 0
    For i = 1 To 5
        total = total + d(i)
    Next i
    average = total / 5
    Print "总分:" & total
    Print "平均分:" & Format(average,"##.0")
End Sub
```

4）从 10 个数中挑出最大数。下列程序给出部分代码，请将程序代码中的 "??" 修改为正确的语句，并运行。

程序代码如下：

```
Option Base 1
Private Sub Command1_Click( )
    Dim a(10),Start as integer,Finish as Integer,j as Integer
    Start = LBound(a)
    Finish = UBound(a)
    For j = Start To Finish
        a(j) = Val(InputBox("请输入一个数","数组输入"))
        Print a(j);
    Next j
    Print
    m = ??
    For j = Start To Finish
        If a(j) > m Then ??
    Next j
    Print "max = ";??
End Sub
```

5）下面程序能够实现将 5 个数由小到大排序。程序已给出部分代码，请将程序代码中的 "??" 修改为正确的语句，并运行。

```
Option Base 1
Private Sub Form_Click( )
    Dim a ,t As Integer
    a = Array(1,5,9,3,2)
```

```
       For i = 1 To ??
         For j = ?? To 5
           If a(i) ?? a(j) Then
             t = a(i)
             ??
             a(j) = t
           End If
         Next j
       Next i
       For j = 1 To 5
         Print a(j);
       Next j
     End Sub
```

6）将下面的矩阵用二维数组保存起来，在窗体上添加 4 个按钮，如图 8-4 所示，按钮功能如表 8-1。

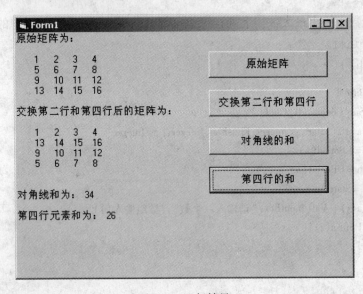

图 8-4　运行结果

表 8-1

名　　称	caption	功　　能
Command1	原始矩阵	在窗体上显示原始矩阵
Command2	交换第 2 行和第 4 行	交换第 2 行和第 4 行后输出到窗体
Command3	对角线的和	计算对角线的和并输出到窗体
Command4	第 4 行的和	求矩阵第 4 行所有元素之和并输出到窗体

原始矩阵：

$$\begin{array}{cccc} 1 & 2 & 3 & 4 \\ 5 & 6 & 7 & 8 \\ 9 & 10 & 11 & 12 \\ 13 & 14 & 15 & 16 \end{array}$$

提示：本题需要实现二维数组的输入和输出。定义一个 4 行 4 列的数组，并用输入框对每个数组元素赋值，所有元素输入完毕后，将数组元素以行列的形式输出。

对于二维数组的操作一般采用双重循环。

程序代码如下：

```
Option Base 1
Const N = 4
Const M = 4
Dim a(M,N)
Private Sub Command1_Click()
    Dim i% ,j% ,t%
    For i = 1 To N
        For j = 1 To M
            a(i,j) = 4 * (i - 1) + j
        Next j
    Next i
    Print "原始矩阵为:"
    Print
    For i = 1 To N
        For j = 1 To M
            Print Tab(5 * j);a(i,j);
        Next j
        Print
    Next i
End Sub
Private Sub Command2_Click()                    '交换第 2 行和第 4 行
    For j = 1 To M
        t = a(2,j)
        a(2,j) = a(4,j)
        a(4,j) = t
    Next j
    Print
    Print "交换第 2 行和第 4 行后的矩阵为:"
    Print
    For i = 1 To N
        For j = 1 To M
            Print Tab(5 * j);a(i,j);
        Next j
        Print
```

```
        Next i
    End Sub
    Private Sub Command3_Click( )                    '求对角线和
        Dim s%
        Print
        For i = 1 To N
            s = s + a(i,i)
        Next i
        Print
        Print "对角线和为:";s
    End Sub
```

提示：求对角线和的另一种方法如下。

```
    Private Sub Command3_Click( )
        Dim s%
        Print
        For i = 1 To N
            For j = 1 To M
                If i = j Then
                    s = s + a(i,j)
                End If
            Next j
        Next i
        Print
        Print "对角线和为:";s
    End Sub
```

举一反三：试求次对角线的元素和，即判断二维数组下标 i + j 是否等于 5。

```
    Private Sub Command4_Click( )                    '求第 4 行元素和
        Dim s%
        For j = 1 To M
            s = s + a(4,j)
        Next j
        Print
        Print "第 4 行元素和为:";s
    End Sub
```

举一反三：试求二维数组每行元素的和。

```
    Private Sub Command4_Click( )                    '求每行元素和
        Dim s%
        For i = 1 to N                              '外循环表示行数
            s = 0                                   '每行开始位置赋变量 s 初值为 0
            For j = 1 To M                          '内循环表示每行有几个元素
```

```
                s = s + a(i,j)
            Next j
            Print
        Print "第" + i + "行元素和为:" ;s
        Next i
    End Sub
```

7）设计显示单选按钮控件数组标题的程序。

程序运行界面如图 8-5 所示。程序在运行时，如果选中一个单选按钮后，单击"显示"按钮，则根据单选按钮选中的情况在窗体上显示"我的出生地是北京"、"我的出生地是上海"或"我的出生地是广州"。

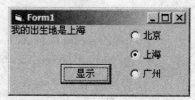

图 8-5　程序运行界面

- 设计界面：向窗体 Form1 中添加 1 个命令和 3 个单选钮组成的控件数组，该数组的名称为 Op1，3 个单选钮的 Index 属性值分别为 0、1、2，各控件的 Caption 属性设置如图 8-5 所示。

- 编写代码：

```
    Private Sub Command1_Click( )
        For i = 0 To 2
            If Op1(i).Value = True Then
                Print "我的出生地是" + Op1(i).Caption
            End If
        Next
    End Sub
```

8.3.2　实验2　过程和自定义函数

1. 实验目的

1）掌握 Sub 过程的定义及调用方法。

2）掌握 Function 函数的定义及调用方法。

2. 实验内容

1）向窗体上添加一个文本框，编写自定义函数，使其具有计算 1~100 范围内所有偶数平方和的功能、单击窗体，在文本框内显示运算结果。

```
    Function Fun( )
        Sum = 0
        For i = 0 To 100 Step 2
            Sum = Sum + i * i
        Next i
        Fun = Sum
    End Function
    Private Sub Form_Click( )
        Text1.text = Fun( )
```

```
        End Sub
```

程序运行结果为：171700

2）组合数的公式为 $C_m^n = \dfrac{m!}{n!\,(m-n)!}$，编写计算组合数的程序，m、n 的值分别从键盘输入。

提示： 因该公式需要多次计算阶乘，所以把计算 n! 编成函数过程，然后在 Form_Click( ) 事件中调用函数过程。

```
        Private Function fac(n As Integer) As Integer
            Dim i As Integer,f As Integer
            f = 1
            For i = 2 To n
              f = f * i
            Next i
            fac = f
        End Function
        Private Sub Form_Click( )
            Dim m% ,n%
            m = InputBox("输入 m 的值")
            n = InputBox("输入 n 的值")
            Print fac(m) / (fac(n) * fac(m - n))
        End Sub
```

举一反三： 试将求阶乘编写成一个 Sub 过程实现本程序。

3）设计一个程序，运行结果如图 8-6 所示。选定一个单选按钮（控件数组）后单击"计算"按钮，可以计算出相应的阶乘值，并在文本框中显示该阶乘值。

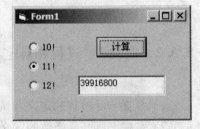

图 8-6　程序运行界面

* 设计界面：向窗体 Form1 中添加 1 个命令按钮 Command1，1 个文本框 Text1 和 3 个单选钮组成的控件数组，该数组的名称为 Op1，3 个单选钮的 Index 属性值分别为 0、1、2，文本框 Text 属性为空，各控件的 Caption 属性设置如图 8-6 所示。

* 编写代码：

```
        Function fac(n As Integer)
            Dim k As Integer,t As Long
            t = 1
            For k = 2 To n
                t = t * k
            Next k
            fac = t
        End Function
```

```
Private Sub Command1_Click( )
    If Op1(0).Value = True Then
        Text1.Text = fac(10)
    ElseIf Op1(1).Value = True Then
        Text1.Text = fac(11)
    ElseIf Op1(2).Value = True Then
        Text1.Text = fac(12)
    End If
End Sub
```

4) 运行下面的程序，观察运行结果，并总结按地址传递参数和按值传递参数的区别及用处。

```
Private Sub Command1_Click( )
    Dim a As Integer,b As Integer,c As Integer
    a = 5
    b = 10
    c = 20
    Print "过程调用前 a = ";a;" b = ";b;" c = ";c
    Call test(3,b,c)
    Print "过程调用后 a  = ";a;" b  = ";b;" c = ";c
End Sub
Private Sub test(ByVal x As Integer,ByRef y As Integer,z As Integer)
    Print "传递的参数值 x  = ";x;" y  = ";y;" z = ";z
    y = 6
    z = x * y
    Print "过程执行时 x  = ";x;" y  = ";y;" z = ";z
End Sub
```

5) 设计程序调用 FindMin 求数组的最小值。程序运行后在 4 个文本框中输入数值，单击按钮即可求出最小值。窗体文件及部分代码已给出，但程序不完整，请将程序代码中的"??"改成正确的内容。程序界面如图 8-7 所示。

图 8-7　运行结果

程序代码如下：

```
Option Base 1
Private Function FindMin(a( ) As Integer)
```

```
        Dim Start As Integer
        Dim Finish As Integer,i As Integer
        Start = ?? (a)
        Finish = ?? (a)
        Min = ?? (Start)
         For i = Start To Finish
             If a(i) ?? Min Then Min = ??
         Next i
         FindMin = Min
    End Function
    Private Sub Command1_Click()
        Dim arr1
        Dim arr2(4) As Integer
        arr1 = Array(Val(Text1. Text),Val(Text2. Text),Val(Text3. Text),Val(Text4. Text))
        For i = 1 To 4
            arr2(i) = CInt(arr1(i))
        Next i
        M = FindMin(??)
        Print "最小值是: ";M
    End Sub
```

6）设计程序能完成如下计算：

$$Z = (x-2)! + (x-3)! + (x-4)! + \cdots + (x-N)!$$

程序界面如图 8-8 所示，程序运行时，输入 N 的值为 5，X 的值为 12，计算 Z 的值。

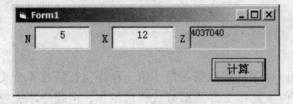

图 8-8 运行结果

窗体文件及部分代码已给出，但程序不完整，请将程序代码中的 "??" 修改为正确的语句。

程序代码如下：

```
    Private Function xn(m As Integer) As Long
        Dim i As Integer
        Dim tmp As Long
        tmp = ??
        For i = 1 To m
            tmp  = ??
        Next
        ??  = tmp
```

```
        End Function
        Private Sub Command1_Click( )
            Dim n As Integer
            Dim i As Integer
            Dim t As Integer
            Dim z As Long,x As Single
            n = Val(Text1. Text)
            x = Val(Text2. Text)
            z = 0
            For i = 2 To n
                t = x - i
                z = z + ??
            Next
            Label1. Caption = z
        End Sub
```

8.3.3　实验 3　综合设计

1. 实验目的

1）利用按钮、文本框、标签等常用控件编写应用程序。

2）运用数组存储较多的数据。

3）将求最值、求平均数等算法应用到实用程序中。

2. 实验内容

1）问题的提出

在比赛过程中，有 10 名裁判进行打分，选手的最终得分将从这 10 个分数中去掉一个最高分，再去掉一个最低分后的平均分来决定。所以要设计一个裁判打分系统，可以根据各个裁判的打分，计算出选手最终的得分。程序运行界面如图 8-9 所示。

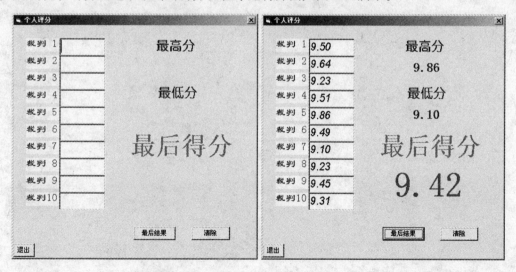

图 8-9　运行结果

2）功能要求

界面设计美观，字体、颜色协调，窗体不能改变大小。最后得分字体要足够大，方便远处观看。

程序界面需要有"最后结果"、"清除"、"退出"等功能。

程序运行时，由用户在文本框中输入每个裁判的分数，单击"最后结果"按钮时显示最高分、最低分及最后得分。显示结果要求保留 2 位小数，如果计算结果为 6，则显示 6.00。若文本框中有一个以上没输入数字，单击按钮的时候会提示有裁判没有打分。

"清除"按钮可以将所有裁判分数、最高分、最低分及最后得分清除，清除之前先弹出消息框提示，确认后再清除。清除内容后把光标转移到第一个文本框中。

"退出"按钮可以退出程序。

文本框限制最多输入 5 个字符。每一个裁判分数限制在 0～10 之间，如果输入超出范围，用消息框提示，并将该文本框清空。

提示：最高分、最低分及最后得分均使用标签，先设置隐藏，单击按钮时再显示。

将各个文本框中的数字赋给一个数组，或者将 10 个文本框定义为控件数组，利用数组求和、求平均数等。在含有 10 个数值的数组中求最大值和最小值，参考教材例题 8.1。

保留小数位数，参考教材第 5.1.2 节 Format( ) 函数。

清除的时候出现提示，询问是否要清除，根据用户的不同选择执行任务。用 MsgBox( ) 函数，参考教材 5.3 节。

第9章 键盘与鼠标事件

9.1 知识要点

1）键盘的 KeyPress 事件。

2）键盘的 KeyDown 事件和 KeyUp 事件。

3）鼠标事件 MouseDown、MouseUp 和 MouseMove。

9.2 相关知识与例题分析

9.2.1 选择题

【例 9-1】以下叙述中错误的是_____。

A. 在 KeyPress 事件过程中不能识别键盘的按下与释放

B. 在 KeyPress 事件过程中不能识别回车键

C. 在 KeyDown 和 KeyUp 事件过程中，将键盘输入的"A"和"a"视为相同的字母

D. 在 KeyDown 和 KeyUp 事件过程中，从大键盘上输入的"1"和从右侧小键盘上输入的"1"被视为不同的字符

例题分析：此题考查键盘事件，当按下键盘上的某个键或松开某个键时，将触发 KeyDown 事件或 KeyUp 事件。如果有按键发生，将会触发 KeyPress 事件，其中 KeyPress 事件能检测的按键有 Enter 键、Tab 键、Backsapce 键，以及标准键盘的字母、数字和标点符号键。因此选项 B 错误。

答案：B

【例 9-2】与键盘操作有关的事件有 KeyPress、KeyUp 和 KeyDown 事件，当用户按下并且释放一个按键后，这 3 个事件发生的顺序是_____。

A. KeyDown、KeyPress、KeyUp　　　　　B. KeyDown、KeyUp、KeyPress

C. KeyPress、KeyDown、KeyUp　　　　　D. 没有规律

例题分析：Visual Basic 中的键盘事件按操作的顺序依次为 KeyDown、KeyPress、KeyUp。

答案：A

举一反三：除了图形、线等少数控件不支持键盘事件外，多数控件都支持键盘事件。

【例 9-3】编写如下事件过程：

```
Private Sub Form_MouseDown(Button As Integer,Shift As Integer,X As Single,Y As Single)
    If Shift = 6 And Button = 2 Then
        Print "Hello"
    End if
```

```
End Sub
```

程序运行后，为了在窗体上输出"Hello"，应在窗体上执行的操作为_____。

A. 同时按下〈Shift〉键和鼠标左键

B. 同时按下〈Shift〉键和鼠标右键

C. 同时按下〈Ctrl〉、〈Alt〉键和鼠标左键

D. 同时按下〈Ctrl〉、〈Alt〉键和鼠标右键

例题分析：Shift 参数值是一个整型数，它表明某个鼠标事件发生时，键盘上的哪些控制键被按下：1 表示〈Shift〉键、2 表示〈Ctrl〉键、4 表示〈Alt〉键。〈Ctrl〉和〈Alt〉键被同时按下，Shift 参数等于 6（2 + 4）。Button 参数值也是一个整型数。参数的值反映事件发生时按下的是哪个鼠标键。1 表示左键，2 表示右键，4 表示中键。

答案：D

【例 9-4】 在窗体上画 1 个文本框，其名称为 Text1，然后编写如下过程：

```
Private Sub Text1_KeyDown( KeyCode As Integer,Shift As Integer)
    Print Chr( KeyCode) ;
End Sub
Private Sub Text1_KeyUp( KeyCode As Integer,Shift As Integer)
    Print Chr( KeyCode + 2)
End Sub
```

程序运行后，把焦点移到文本框中，此时敲击"A"键，则输出结果为_____。

A. AA   B. AB   C. AC   D. AD

例题分析：KeyDown 和 KeyUp 都有两个参数，即 KeyCode 和 Shift，KeyCode 是按键大写形式的 ASCII 码。敲击〈A〉键时，KeyCode 为 65，Chr 函数为将 ASCII 码转换为相应的字符，Chr（KeyCode + 2）对应字符为"C"，因此输出结果应为 AC。

答案：C

【例 9-5】 在窗体上画一个命令按钮，名称为 Command1，然后编写如下程序：

```
Dim Flag As Boolean
Private Sub Command1_Click( )
    Dim intNum As Integer
    intNum = InputBox( "请输入:")
    If Flag Then
        Print F (intNum)
    End If
End Sub
Function F (X As Integer) As Integer
    If X < 10 Then
        Y = X
    Else
        Y = X + 10
    End If
```

```
        f = Y
    End Function
    Private Sub Form_MouseUp(Button As Integer,Shift As Integer,X As Single,Y As Single)
        Flag = True
    End Sub
```

运行程序，首先单击窗体，然后单击命令按钮，在输入对话框中输入5，则程序的输出结果为_____。

A. 0   B. 5   C. 15   D. 无任何输出

例题分析： 由于窗体的 MouseUp 事件将 Flag 设置为 True，因此 Print f(intNum) 能够执行。Function 过程的形参为5，可以得到该过程的返回值为5，因此程序的输出结果是5。

答案： B

【例9-6】把窗体的 KeyPreview 属性设置为 True，然后编写如下事件过程：

```
    Private Sub Form_KeyPress(KeyAscii As Integer)
        Dim ch As String
        ch = Chr(KeyAscii)
        KeyAscii = Asc(UCase(ch))
        Print Chr(KeyAscii + 2)
    End Sub
```

程序运行后，按键盘上的〈A〉键，则在窗体上显示的内容是_____。

A. A   B. B   C. C   D. D

答案： C

9.2.2　填空题

【例9-7】在窗体上添加 1 个名称为 Combo1 的组合框，添加 2 个名称分别为 Label1 和 Label2 的标签，其 Caption 属性为"城市名称"和空白。程序运行后，在组合框中输入 1 个新项并按回车键（ASCII 码为13），若输入项在组合框的列表中不存在，则自动添加到列表中，并在 Label2 中给出提示"已成功添加输入项"，程序运行结果如图 9-1 所示；如果存在，则在 Label2 中给出提示"输入项已在组合框中"。将程序补充完整。

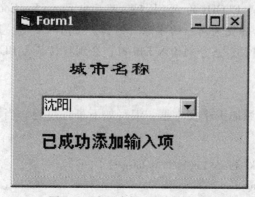

图9-1　在组合框中添加城市名

```
Private Sub Combo1_KeyPress(KeyAscii As Integer)
    If KeyAscii = 13 Then
        For i = 0 To Combo1. ListCount － 1
            If Combo1. Text = ___[1]___ Then
                Label2. Caption = "输入项已在列表框中"
                Exit Sub
            End If
        Next i
        Label2. Caption = "已成功添加输入项"
        Combo1. ___[2]___ Combo1. Text
    End If
End Sub
```

例题分析：本程序是循环内嵌套一个分支的结构。Combo1. ListCount － 1 表示列表中最后一项的序号，循环结构用来把输入的新项和列表中所有的选项进行比较，所以第一个空应填入 Combo1. List(i)。如果和列表中的已有选项不同，就利用 AddItem 方法添加该新项。

答案：[1] Combo1. List(i)　　　　　　[2] AddItem

【例 9-8】 在窗体上添加 2 个文本框，其名称分别为 Text1 和 Text2，然后编写如下事件过程：

```
Private Sub Form_Load( )
    Text1. Text = " "
    Text2. Text = " "
    Text2. SetFocus
End Sub
Private Sub Text2_KeyDown(KeyCode As Integer,Shift As Integer)
    Text1. Text = Text1. Text ＋ Chr(KeyCode-4 )
End Sub
```

程序运行后，在 Text2 中输入 efghi 时，Text1 的内容为_____。

例题分析：无论输入的是大写还是小写字母，KeyDown 事件接收的都是大写字母。当输入 efghi 时，其实接收的是 EFGHI 的 ASCII 码。程序中 Chr（KeyCode-4）的作用是把接收的字母的 ASCII 码减 4 然后转变为对应的字母。例如，当输入 e 时，KeyCode 的值为 69，减 4 之后再转变为字母 A；同理，当分别输入 fghi 时，分别被转换为 BCDE。因此，Text2 中的值为 ABCDE。

答案：ABCDE

【例 9-9】 在窗体上添加 1 个文本框，编写如下事件过程。当程序运行时，输入"a"，则文本框中的内容为_____。

```
Private Sub Text1_KeyPress(KeyAscii As Integer)
    Dim c As String
    c = UCase( Chr( KeyAscii) )
    KeyAscii = Asc( c)
```

```
        Text1. Text = String(2,KeyAscii)
    End Sub
```

例题分析: 当输入 "a" 后,参数 KeyAscii 接收的值为97,第3行中用函数 Chr 把97转变为字符 "a",再用函数 Ucase 把 "a"" 转变为 "A",所以变量 c 被赋值为 "A"。第4行中将参数 KeyAscii 重新赋值为 "A" 的 ASCII 码65,所以在文本框中输入的 "a" 变成 "A"。第5行中又用 String 函数产生了2个 "A" 追加到文本框中 "A" 的末尾。因此,Text1 中为 "AAA"。

答案: AAA

【例 9-10】 以下程序运行后,单击鼠标左键,则窗体上显示_____。

```
Private Sub Form_MouseDown(Button As Integer,Shift As Integer,X As Single,Y As Single)
    Button = Button * 2
        Select Case Button
        Case 1
            Print "北京"
        Case 2
            Print "上海"
        Case 3
            Print "天津"
        End Select
    End Sub
```

例题分析: 单击左键后,参数 Button 的值为1,在第2行变为2,接下来在多重分支结构中执行了 Case 2 中的语句,显示结果为上海。

答案: 上海

举一反三: 鼠标事件 MouseDown、MouseMove、MouseUp 的事件过程中都具有 Button 参数。左、中、右键对应的 Button 参数值为1、4、2。

【例 9-11】 以下程序运行后,如果单击鼠标右键,则输出结果为_____。

```
Private Sub Form_MouseDown(Button As Integer,Shift As Integer,X As Single,Y As Single)
    If Button = 2 Then
        Print " * * * * "
        End If
    End Sub
Private Sub Form_MouseUp(Button As Integer,Shift As Integer,X As Single,Y As Single)
    Print "####"
    End Sub
```

例题分析: 先发生 MouseDown 事件,后发生 MouseUp 事件,所以先后输出 " * * * * "、"####"。

答案: * * * *
    ####

【例 9-12】 在窗体上添加1个命令按钮和1个文本框,其名称分别为 Command1 和

Text1，然后编写如下代码：

```
Dim SaveAll As String
Private Sub Command1_Click( )
    Text1. Text = Left( UCase( SaveAll) ,4)
End Sub
Private Sub Text1_KeyPress( KeyAscii As Integer)
    SaveAll = SaveAll + Chr( KeyAscii)
End Sub
```

程序运行后，在文本框中输入 abcdefg，单击命令按钮，则文本框中显示的内容是_____。

例题分析：该题中出现了 3 个内部函数：UCase、Left 和 Chr。其功能分别是转换为大写字母、取左边的字符和求取 ASCII 字符。代码的功能是将字符串转换成大写字母形式后取最左边的 4 个字符，并将字符输出。

答案：ABCD

9.3 实验指导

9.3.1 实验1 控件的键盘事件

1. 实验目的

熟悉控件的键盘事件。

2. 实验内容

设计程序，利用 KeyDown 事件控制标签 Label1 的位置和大小。

项目说明：当程序运行以后，如果按下光标键（上、下、左、右键），则可以改变标签的位置。同时按下〈Shift〉键和〈Alt〉键的放大标签，同时按下〈Shift〉键和〈Ctrl〉键时缩小标签。

项目设计：

1）创建界面。在窗体中放置 1 个标签。

2）设置属性。标签背景色设置为白色。

3）编写代码。

```
'定义符号常量
Const ShiftKey = 1
Const CtrlKey = 2
Const AltKey = 4                  '当按下键盘键时,触发以下事件
Private Sub Form_KeyDown( KeyCode As Integer, Shift As Integer)
    Select Case KeyCode
    Case 37                       '37 为向左键的键盘码
        Label1. Left = Label1. Left – 100
    Case 38                       '38 为向上键的键盘码
```

```
            Label1. Top = Label1. Top - 100
        Case 39                          '39 为向右键的键盘码
            Label1. Left = Label1. Left + 100
        Case 40                          '40 为向下键的键盘码
            Label1. Top = Label1. Top + 100
    End Select
    If Shift = ShiftKey + AltKey Then
        Label1. Width = Label1. Width + 20
        Label1. Height = Label1. Height + 20
    End If
    If Shift = ShiftKey + CtrlKey Then
        Label1. Width = Label1. Width - 20
        Label1. Height = Label1. Height - 20
    End If
End Sub
```

4）运行程序，程序运行结果如图 9-2 所示。

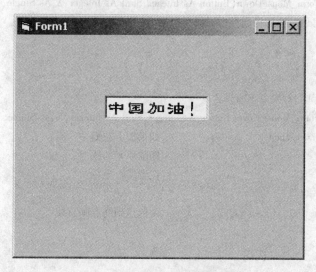

图 9-2　控制标签的位置和大小

5）保存程序。

9.3.2　实验2　控件的鼠标事件

1. 实验目的
熟悉控件的鼠标事件。

2. 实验内容
设计画直线的程序。

项目说明： 程序运行以后，在窗体上拖动鼠标时将绘制一条直线。程序运行结果如图 9-3 所示。本程序中使用了画线方法 Line，其使用说明详见教材 7.7.1 节。

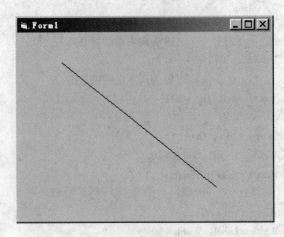

图 9-3　画线

```
Dim x1,y1            '保存线的起点坐标的两个变量
Dim x2,y2            '保存线的终点坐标的两个变量
'当按下鼠标键时,触发以下事件:
Private Sub Form_MouseDown(Button As Integer,Shift As Integer,X As Single,Y As Single)
    '当按下鼠标键时,将起点坐标保存在 x1、y1 中
    x1 = X
    y1 = Y
End Sub
'当移动鼠标时,触发以下事件:
Private Sub Form_MouseMove(Button As Integer,Shift As Integer,X As Single,Y As Single)
    If Button = 1 Then                  '如果按下左键
        Cls                             '删除原来的线
        x2 = X                          '设置终点坐标
        y2 = Y
        Line (x1,y1) - (x2,y2)          '由起点到终点画直线
    End If
End Sub
```

第10章 菜单程序设计

10.1 知识要点

1）菜单编辑器的使用。
2）菜单项常用属性和事件。
3）建立下拉式菜单和弹出式菜单的方法。

10.2 相关知识与例题分析

10.2.1 选择题

【例10-1】打开菜单编辑器的方法有4种，在下面的选项中不能打开菜单编辑器的操作是_____。

A. 选择"工具 | 菜单编辑器"命令

B. 单击工具栏中的"菜单编辑器"按钮

C. 在"窗体窗口"上右击，在弹出的快捷菜单中选择"菜单编辑器"命令

D. 按〈Ctrl + O〉组合键

例题分析：Visual Basic 中打开菜单编辑器的方法有选项 A、选项 B、和选项 C 的操作。还有一种方法是按〈Ctrl + E〉组合键。

答案：D

【例10-2】下面4个选项中，错误的选项是_____。

A. 菜单名称是显示在菜单项上的字符串

B. 菜单名称是程序引用菜单项的标识

C. 菜单名称是设置菜单项属性的对象

D. 菜单名称是引用菜单项属性的对象

例题分析：菜单名称是在程序代码中引用菜单控件时使用的名称，菜单标题是显示在菜单项上的字符串。

答案：A

【例10-3】下面的叙述中错误的是_____。

A. 在同一窗体的菜单项中，不允许出现标题相同的菜单项

B. 在菜单的标题栏中，& 所引导的字母指明了访问该菜单项的访问键

C. 程序运行过程中，可以重新设置菜单的 Visible 属性

D. 弹出式菜单也要在菜单编辑器中定义

例题分析：在不同的菜单项中，它们的下级菜单项名可以相同。这类似于在不同文件夹

中，文件名可以相同。因此，选项 A 的叙述是错误的。

答案：A

【例 10-4】若菜单项前面没有内缩符号"…"，表示该菜单项是_____。

A. 主菜单项　　　　　B. 子菜单项　　　　　C. 下拉式菜单　　　　　D. 弹出式菜单

相关知识：若菜单项前面没有内缩符号"…"，表示该菜单项是主菜单项，也称顶级菜单。有一个内缩符号表示该菜单项是一级菜单项，有两个内缩符号表示该菜单项是二级菜单项。

答案：A

【例 10-5】若想设置菜单项的访问键，应在菜单项的标题中加入的符号是_____。

A. |　　　　　　　　B. &　　　　　　　　C. @　　　　　　　　D. %

相关知识：访问键指运行程序时，菜单项中加上了下画线的字母。执行程序时按〈Alt〉键和加了下画线的字母键，就可以选择相应的菜单项。编辑菜单时，要在字母前加"&"符号。

答案：B

【例 10-6】在菜单编辑器窗口要使选定的菜单项前减少一个内缩符号"…"，应单击菜单编辑区的_____。

A. 左箭头　　　　　B. 右箭头　　　　　C. 上箭头　　　　　D. 下箭头

相关知识：左右箭头用于调整菜单项的级别，单击右箭头产生内缩符号，表示将建立下一级菜单。单击左箭头删除内缩符号。上下箭头用于调整菜单项的位置。

答案：A

【例 10-7】在用菜单编辑器设计菜单时，必须输入的项是_____。

A. 快捷键　　　　　B. 标题　　　　　C. 索引　　　　　D. 名称

例题分析：菜单项的快捷键、标题和索引都不是必须输入的，只有名称是必须输入的并且要有效。

答案：D

【例 10-8】在下列关于菜单的说法中，错误的是_____。

A. 每个菜单项都是一个控件，与其他控件一样，有自己的属性和事件

B. 除了 Click 事件之外，菜单项还能响应其他的事件

C. 菜单项的快捷键不能任意设置

D. 在程序执行时，如果菜单项的 Enabled 属性为 False，则不能被用户选择

例题分析：菜单项只有一个 Click 事件，没有其他事件。菜单项的快捷键只能有选择的设置，不能任意设置，例如，〈Ctrl + Alt + O〉不能作为快捷键。

答案：B

【例 10-9】为菜单项设置热键（访问键）的方法是，在设置控件的_____属性时，在作为热键的字符前加上"&"。

A. Caption　　　　　B. Name　　　　　C. Checked　　　　　D. Index

相关知识：Caption 属性用于设置显示在菜单控件上的字符。热键就是访问键，在设计菜单时，只要在 Caption 属性中加入一个由"&"引导的字母即可为相应的菜单项设置热键。

答案：A

【例 10-10】设菜单中有一个菜单项为"Open"。若要为该菜单命令设置访问键，即按下〈Alt + O〉组合键时，能够执行"Open"命令，则在菜单编辑器中设置"Open"命令的方式是_____。

A. 把 Caption 属性设置为 &Open　　　　B. 把 Caption 属性设置为 O&pen

C. 把 Name 属性设置为 &Open　　　　　D. 把 Name 属性设置为 O&pen

例题分析：为菜单项设置访问键，要在其标题属性中进行设置。& 符号后的第一个字符为该菜单项的访问键。

答案：A

【例 10-11】设在菜单编辑器中定义了一个菜单项，名为 Menu1。为了在运行时隐藏该菜单项，应使用的语句是_____。

A. Menu1. Enabled = True　　　　　　B. Menu1. Enabled = False

C. Menu1. Visible = True　　　　　　　D. Menu1. Visible = False

相关知识：Enabled 属性的值为 Boolean 型。此值为 True 时，表示菜单项可用；为 False 时，表示菜单项不可用，运行该菜单项呈灰色不可用状态。

Visible 属性的值也为 Boolean 型。此值为 True 时，表示菜单项可见；为 False 时，表示菜单项不可见。

答案：D

【例 10-12】要使菜单项 Menu1 在程序运行时变为灰色，使用的语句是_____。

A. Menu1. Enabled = True　　　　　　B. Menu1. Enabled = False

C. Menu1. Visible = True　　　　　　　D. Menu1. Visible = False

答案：B

【例 10-13】以下关于菜单的叙述中，不正确的是_____。

A. 在程序运行过程中能够增加或减少菜单项

B. 使菜单项的 Enabled 属性为 False，则可删除该菜单项

C. 弹出式菜单在菜单编辑器中设计

D. 利用菜单控件数组可以实现菜单项的增加或减少

相关知识：Enabled 属性设置菜单项的"有效性"，即暂时使菜单项禁止使用（变为灰色），需要时再恢复。被禁止使用的菜单项并不会被删除。

答案：B

【例 10-14】如果要在程序中显示一个弹出式菜单，要调用 Visual Basic 中提供的_____方法。

A. Print　　　　　B. Move　　　　　C. Refresh　　　　　D. PopupMenu

相关知识：建立弹出式菜单分两步进行。

1）用菜单编辑器建立菜单，并把主菜单项的 Visible 属性设置为 False。

2）用 PopupMenu 方法弹出显示。要将此方法加入窗体的 MouseDown 事件过程中。

例题分析：选项 A 中的 Print 方法用来输出数据，选项 B 中的 Move 方法用来移动控件的位置，选项 C 中的 Refresh 方法用来强制重绘一个窗体或控件。

答案：D

【例 10-15】假定有如下事件过程：

```
Private Sub Form_MouseDown( Button As Integer, Shift As Integer, X As Single, Y As Single)
        If Button = 1 Then
                PopupMenu Popform
        End If
End Sub
```

则以下描述中错误的是_____。

A. 该过程的作用是弹出一个菜单

B. Popform 是在菜单编辑器中定义的弹出式菜单的名称

C. Button = 1 表示按下的是鼠标右键

D. 参数 X、Y 指明鼠标的当前位置

例题分析：PopupMenu Popform 的作用是弹出一个菜单，Popform 是在菜单编辑器中定义的弹出式菜单的名称，X、Y 指明鼠标的当前位置，Button = 2 表示按下的是鼠标右键。

答案：C

【例 10-16】假定已经建立了 1 个菜单，其结构如表 10-1 所示。

表 10-1 菜单结构

标 题	名 称	层 次
数据库操作	Db	1
添加记录	Append	2
查询记录	Query	2
按姓名查询	Qname	3
按学号查询	Qnumber	3
删除记录	Delete	2

在窗体上添加 1 个名称为 C1 的命令按钮，要求在运行时，如果单击命令按钮，则把菜单项"按姓名查询"设置为无效，正确的事件过程是_____。

```
A. Private Sub C1_Click( )
        Query. Qname. Enabled = False
   End Sub
B. Private Sub C1_Click( )
        Db. Query. Qname. Enabled = False
   End Sub
C. Private Sub C1_Click( )
        Qname. Enabled = False
   End Sub
D. Private Sub C1_Click( )
        Me. Db. Query. Qname. Enabled = False
   End Sub
```

相关知识：在代码中设置菜单属性的格式为"菜单项名称. Enabled = True | False"

例题分析：在定义好的菜单中，每一个菜单项都是一个独立的控件对象，在设置它的属性值时可以直接引用。将 Enabled 属性的值设置为 False，可以使菜单项不可用。

答案: C

【例 10-17】 设有如表 10-2 所示的菜单结构。要求程序运行后,如果单击菜单项"大图标",则在该菜单项前添加 1 个"√"。正确的事件过程是_____。

表 10-2 菜单结构

标 题	名 称	层 次
显示	Appear	1
大图标	Bigicon	2
小图标	Smallicon	2

A. Private Sub Bigicon_Click( )

        Bigicon . Checked = False

   End Sub

B. Private Sub Bigicon_Click( )

        Appear. bigicon. Checked = False

   End Sub

C. Private Sub Bigicon_Click( )

        Bigicon . Checked = True

   End Sub

D. Private Sub Bigicon_Click( )

        Appear. bigicon. Checked = True

   End Sub

例题分析: 每个菜单项就是一个独立的控件对象,在设置属性时可以直接引用。Checked 属性的值为 True 时,表示在菜单项前加"√"标记;为 False 时,表示菜单项前无"√"标记。

答案: C

【例 10-18】 假定已经在菜单编辑器中建立了弹出式菜单 a1。在执行下面的事件代码后,单击鼠标左键或右键都可以弹出菜单的是_____。

A. Private Sub Form_MouseDown(Button As Integer,Shift As Integer,X As Single,Y As Single)

   If Button = 1 And Button = 2 Then

      PopupMenu a1

   End If

 End Sub

B. Private Sub Form_MouseDown(Button As Integer,Shift As Integer,X As Single,Y As Single)

   PopupMenu a1

 End Sub

C. Private Sub Form_MouseDown(Button As Integer,Shift As Integer,X As Single,Y As Single)

   If Button = 1 Then

      PopupMenu a1

   End If

```
            End Sub
        D. Private Sub Form_MouseDown(Button As Integer,Shift As Integer,X As Single,Y As Single)
            If Button = 2 Then
                PopupMenu a1
            End If
        End Sub
```

相关知识：用 PopupMenu 方法显示一个弹出式菜单，若省略所有可选参数，运行程序时，默认为在窗体任意位置单击左键或右键弹出此菜单。

例题分析：选项 A 无法弹出菜单，选项 C 实现按下左键时弹出菜单，选项 D 实现按下右键时弹出菜单。

答案：B

10.2.2　填空题

【例 10-19】如果要将某个菜单项设计为分隔线，则该菜单项的标题应设置为＿＿＿＿。

例题分析：为使菜单项显示分隔线，设计时，应将该菜单项标题设为减号。

答案：减号 或 " – "

【例 10-20】在 Visual Basic 中可以建立＿＿＿＿菜单和＿＿＿＿菜单。

相关知识：在 Visual Basic 6 中菜单可分为两种，即下拉式菜单和弹出式菜单。

答案：下拉式、弹出式

【例 10-21】菜单编辑器可分为 3 个部分，即数据区、＿＿＿＿和菜单项显示区。

相关知识：菜单编辑器窗口有 3 部分组成，数据区、编辑区和菜单项显示区。数据区用来设置属性、输入或修改菜单项。编辑区共有 7 个按钮，对输入的菜单项进行编辑。菜单项显示区位于菜单设计窗口的下部，用来显示输入的菜单项。

答案：编辑区

【例 10-22】在窗体上有 1 个名为 Text1 的文本框，建立一个下拉式菜单，其结构如表 10-3 所示。

表 10-3　菜单结构

标　　题	名　　称	层　　次
编辑	Edit	1
剪切	Cut	2
复制	Copy	2
粘贴	Paste	2
粘贴在尾部	Append	3
覆盖	Replace	3
清空剪贴板	Clear	2

程序运行后：

"剪切"、"复制"命令可以把 Text1 中的内容剪切、复制到变量 a 中；
"粘贴在尾部"命令可以把 a 中的内容添加到 Text1 的原内容之后；
"覆盖"命令用 a 中的内容替换 Text1 的原有内容；
"清空剪贴板"命令将 a 中的内容清空。
按要求为下列程序填空：

```
Dim a As String
Private Sub append_Click( )
    Text1. Text =  [1]
End Sub
Private Sub Clear_Click( )
    a = " "
    cut. Enabled =  [2]
    copy. Enabled =  [3]
End Sub
Private Sub copy_Click( )
    a = Text1. Text
End Sub
Private Sub cut_Click( )
    a = Text1. Text
    [4]
End Sub
Private Sub edit_Click( )
    If Text1. Text = " " Then
        cut. Enabled = False
        copy. Enabled = False
    Else
        cut. Enabled = True
        copy. Enabled = True
    End If
    If  [5]  Then
        Paste. Enabled = False
    Else
        Paste. Enabled = True
    End If
End Sub
Private Sub replace_Click( )
    Text1. Text = a
End Sub
```

答案： [1] Text1. Text + a   [2] False

       [3] False   [4] Text1. Text = " "

       [5] a = " "

【例10-23】在窗体上有一个名为 Text1 的文本框，建立一个弹出式菜单。菜单名称为 Textformat，含有"宋体"、"黑体"、"隶书"等3个菜单项，其名称分别为 font1、font2、font3，分别用来使 Text1 中的文字用相应的字体显示。

程序运行后，右击文本框时，弹出此菜单；在弹出的菜单中只显示与 Text1 中字体不同的其他两种字体的菜单项。

按要求完善下列程序：

```
Private Sub font1_Click( )
    Text1. FontName = "宋体"
End Sub
Private Sub font2_Click( )
    Text1. FontName = "黑体"
End Sub
Private Sub font3_Click( )
    Text1. FontName = "隶书"
End Sub
Private Sub text1_MouseDown( Button As Integer, Shift As Integer, X As Single, Y As Single)
    If   [1]   Then
        If Text1. FontName = "宋体" Then
            font1. Visible =   [2]
            font2. Visible = True
            font3. Visible = True
        ElseIf Text1. FontName = "黑体" Then
            font1. Visible = True
            font2. Visible = false
            font3. Visible = True
        ElseIf   [3]   Then
            font1. Visible = True
            font2. Visible = True
            font3. Visible = False
        End If
            [4]
    End If
End Sub
```

答案：[1] Button = 2

[2] False

[3] Text1. FontName = "隶书"

[4] PopupMenu Textformat

10.3 实验指导

10.3.1 实验1 下拉式菜单的建立

1. 实验目的

1）掌握菜单编辑器的使用方法。

2）掌握菜单项常用属性含义和设置方法。

3）掌握建立下拉式菜单的方法。

2. 实验内容

建立一个下拉式菜单。

项目分析：程序运行结果如图 10-1 所示。窗体中有两个文本框，在文本框 1 中显示为"沈阳师范大学"，文本框 2 中显示为空。菜单"操作 1"下有两个菜单项"复制"和"清除"。当选择"复制"时，文本框 1 中的内容将显示在文本框 2 中。选择"清除"时，文本框 2 中显示的内容被清除。其中菜单项"清除"初始状态为不可用，只有单击"复制"时变为可用，单击"清除"后变为不可用。

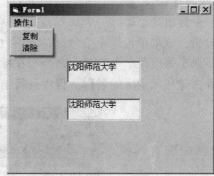

图 10-1 程序运行界面

项目设计：

1）创建界面。新建工程，在窗体上添加两个文本框，名称分别为 Text1 和 Text2。

2）设置属性。属性设置如表 10-4 所示。

表 10-4 属性设置

控 件	名称 Name	Text 属性
文本框	Text1	沈阳师范大学
文本框	Text2	空

3）建立菜单。打开菜单编辑器，建立菜单如表 10-5 所示。

表 10-5 菜单结构

标 题	名 称	内缩符号	可 用
操作 1	Menu1	无	是
…复制	Copy	1	是
…清除	Clear	1	否

4）编写代码。

```
Private Sub Copy_Click( )
        Text2. Text = Text1. Text
        Clear. Enabled = True
End Sub
Private Sub Clear_Click( )
        Text2. Text = " "
        Clear. Enabled = False
End Sub
```

10.3.2 实验2 弹出式菜单的建立

1. 实验目的

1）掌握菜单编辑器的使用。

2）掌握菜单项常用属性的含义和设置方法。

3）掌握建立弹出式菜单的方法和步骤。

2. 实验内容

建立一个弹出式菜单。

项目分析：该菜单包括 4 个命令，分别为"北京"、"南京"、"西安"和"昆明"。程序运行后，单击弹出菜单中的某个命令，在标签中显示相应的城市名称，而在文本框中显示相应的名胜古迹和风景区的名称。程序运行结果如图 10-2 所示。

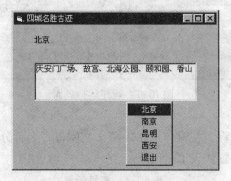

图 10-2　程序运行界面

项目设计：

1）创建界面。建立工程，在窗体上加入 1 个文本框 Text1 和 1 个标签 Label1。界面设计如图 10-2 所示。

2）设置属性。属性设置如表 10-6 所示。

表 10-6　属性设置

控　件	名称 Name	属　性
文本框	Text1	Text 属性为空
标签	Label1	Caption 属性为空

3）建立菜单。打开菜单编辑器，建立菜单如表 10-7 所示。

表 10-7　菜单设置

标　　题	名　　称	可　　见
四城名胜古迹	SI	False
…北京	北京	True
…南京	南京	True
…昆明	昆明	True
…西安	西安	True
…退出	Tch	True

提示：弹出式菜单也在菜单编辑器中建立，主菜单的 Visible 属性要设置为 False。

4）编写代码。

四城市的名胜古迹和风景区如下。

北京：天安门广场、故宫、北海公园、颐和园、香山、天坛

南京：雨花台、中山陵、明孝陵、灵谷寺、栖霞山、莫愁湖

昆明：西山龙门、安宁温泉、滇池、大观园

西安：钟楼、大雁塔、小雁塔、半坡博物馆、秦始皇陵和兵马俑

各事件代码如下：

```
Private Sub Form_MouseDown(Button As Integer,Shift As Integer,X As Single,Y As Single)
    If Button = 2 Then
        PopupMenu SI
    End If
End Sub
Private Sub 北京_Click()
    Label1. Caption = "北京"
    Text1. Text = "天安门广场、故宫、北海公园、颐和园、香山、天坛"
End Sub
Private Sub 昆明_Click()
    Label1. Caption = "昆明"
    Text1. Text = "西山龙门、安宁温泉、滇池、大观园"
End Sub
Private Sub 南京_Click()
    Label1. Caption = "南京"
    Text1. Text = "雨花台、中山陵、明孝陵、灵谷寺、栖霞山、莫愁湖"
End Sub
Private Sub 西安_Click()
    Label1. Caption = "西安"
    Text1. Text = "钟楼、大雁塔、小雁塔、半坡博物馆、秦始皇陵和兵马俑"
End Sub
```

```
Private Sub Tch_Click( )
        End
End Sub
```

10.3.3　实验 3　菜单设计综合实验

1. 实验目的

1）熟练掌握菜单编辑器的使用。

2）掌握菜单项属性的设置方法。

3）掌握下拉式菜单和弹出式菜单的建立方法和步骤。

2. 实验内容

独立完成下拉式菜单和弹出式菜单综合程序设计。

项目分析：设计一个利用菜单格式化文本框的程序。菜单栏包括两个主菜单，"文字"和"格式"；"文字"菜单包括"输入文字"和"清除"子菜单项；"格式"菜单下包括两个级联菜单，"字体"和"字号"，"字体"菜单包括"宋体"、"黑体"、"加粗"，"字号"菜单下可以选择 16 号字或者 24 号字，如图 10-3 所示。右击文本框，弹出"颜色"快捷菜单，可以选择文字颜色，如图 10-4 所示。

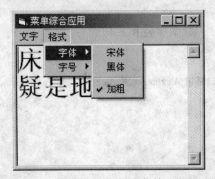

图 10-3　下拉式菜单

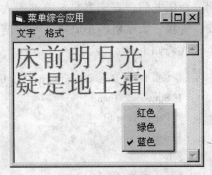

图 10-4　弹出式菜单

项目设计：

1）创建界面。建立工程，在窗体上添加一个文本框 Text1，设置 Text 属性为空，Multi-Line 属性为 True。

2）建立菜单。打开菜单编辑器，建立菜单，如表 10-8 所示。

表 10-8　菜单设置

标　题	名　称	可　见	标　题	名　称	可　见
文字	Meutxt	True	…加粗	Mnufont4	
…输入文字	Mnutxt1		…字号	Mnuszie	
…清除	Mnutxt2		…16	Mnusize16	
格式	Mnuformat	True	…24	Mnusize24	
…字体	Mnufont		颜色	Mnucolor	False
…宋体	Mnufont1		…红色	Mnured	
…黑体	Mnufont2		…绿色	Mnugreen	
…——	Mnufont3		…蓝色	Mnublue	

提示： 标题为减号"-"，在菜单中显示为一条分割线。

3）编写代码。按表 10-9 所示的各菜单项的功能编写事件代码。

表 10-9　各菜单功能

菜单项标题	功　　能
输入文字	在文本框中可以输入一段文字
清除	清除文本框的文字
宋体	将文本框的文字字体改为宋体
黑体	将文本框的文字字体改为黑体
加粗	切换文本框的文字是否加粗，加粗时在菜单项前加菜单项标记，不加粗时取消标记
16	将文本框的文字字号改为 16 号字
24	将文本框的文字字号改为 24 号字
红色	将文本框的文字颜色改为红色，同时在菜单项前加菜单项标记，并取消蓝色和绿色的菜单项标记
绿色	将文本框的文字颜色改为绿色，同时在菜单项前加菜单项标记，并取消蓝色和红色的菜单项标记
蓝色	将文本框的文字颜色改为蓝色，同时在菜单项前加菜单项标记，并取消红色和绿色的菜单项标记

编写各菜单事件代码，将"??"处的代码补充完整：

```
Private Sub mnutxt1_Click( )              '"输入文字"菜单
    换行 $ = Chr(13) & Chr(10)            '回车换行符
    Text1. Text = "床前明月光" + 换行 + "疑是地上霜"'在文本框中输入内容
End Sub
Private Sub mnutxt2_Click( )              '"清除"菜单
    Text1. Text = ??
End Sub
Private Sub mnufont1_Click( )             '"宋体"菜单
    Text1. Font. Name = "宋体"            '也可写为 Text1. FontName ="宋体"
End Sub
Private Sub mnufont2_Click( )             '"黑体"菜单
    Text1. Font. Name = "黑体"
End Sub
Private Sub mnufont4_Click( )             '"加粗"菜单
    mnufont4. Checked = ?? mnufont4. Checked
    Text1. FontBold = Not Text1. ??
End Sub
Private Sub mnusize16_Click( )            '"16"菜单
    Text1. Font. Size = 16                '也可以写成 Text1. FontSize = 16
End Sub
Private Sub mnusize24_Click( )            '"24"菜单
    Text1. ??  = 24
End Sub
Private Sub mnured_Click( )               '"红色"菜单
```

```
        Text1. ??   = vbRed                    '将文字颜色更改为红色
        mnured. Checked = True
        mnugreen. Checked = False
        mnublue. Checked = False
End Sub
Private Sub mnugreen_Click( )                  '"绿色"菜单
        ??
End Sub
Private Sub mnublue_Click( )                   '"蓝色"菜单
        ??
End Sub
Private Sub Text1_MouseDown( Button As Integer,Shift As Integer,X As Single,Y As Single)
        Text1. Enabled = False
        Text1. Enabled = True
'当在文本框中使用右键弹出式菜单时,系统会先弹出一个系统默认的菜单,再次右击后才会出现
'用户定义的菜单。为了屏蔽系统弹出式菜单,可以使用以上两条语句,将文本框的可用性切换
'一次。
        If Button = ?? Then
            ?? mnucolor
        End If
End Sub
```

第11章 文件操作

11.1 知识要点

1）Visual Basic 文件的分类和特点。
2）文件操作的一般顺序。
3）顺序文件和随机文件的读写操作。
4）3 个文件系统控件的属性设置及配合使用。

11.2 相关知识与例题分析

11.2.1 选择题

【例 11-1】以下关于 Visual Basic 6 文件的命名原则的叙述中，正确的是_____。

A. 可以在文件名中使用"＊"、"？"

B. 支持文件名为任意长度

C. 与 Windows 命名方式不一致

D. 支持传统的命名方式：8 位主名 3 位扩展名

例题分析：Visual Basic 文件的命名与 Windows 命名方式一致，长度不超过 255 个字符，支持传统命名方式，但不能在文件名中出现通配符"＊"和"？"

答案：D

【例 11-2】Visual Basic 规定标准模块文件扩展名是_____。

A. ．frm   B. ．vbp   C. ．bas   D. ．exe

例题分析：Visual Basic 中常用的文件扩展名有工程文件（．vbp）、工程工作区文件（．vbw）、窗体文件（．frm）、窗体二进制文件（．frx）、标准模块文件（．bas）、类模块文件（．cls）和可执行文件（．exe）。

答案：C

【例 11-3】_____是构成文件的最基本单位。

A. 字段   B. 字符   C. 记录   D. 汉字

例题分析：字符是构成文件的最基本单位，字段是由若干字符组成的一项数据，记录是由一组相关的字段组成的信息。

答案：B

【例 11-4】按文件的存取方式，文件可分为_____。

A. 顺序文件和随机文件   B. ASCII 码文件和二进制文件

C. 程序文件和数据文件   D. 源程序和可执行文件

例题分析：根据文件存储数据的性质，文件可分为程序文件和数据文件。根据数据存取方式和结构，文件可分为顺序文件和随机文件。根据数据的编码方式，文件可分为 ASCII 码文件和二进制文件。

答案：A

【例 11-5】下面关于随机文件的叙述，不正确的是_____。

A. 每条记录的长度必须相等

B. 可根据记录号对文件中的记录随机地读写

C. 一个文件中记录号不必唯一

D. 文件的组织结构比顺序文件复杂

例题分析：随机文件的每个记录的长度是固定的，而且都有一个唯一的记录号，对文件中记录的读写可根据记录号直接完成。随机文件存取灵活、但结构比顺序文件复杂。

答案：C

【例 11-6】下面关于顺序文件和随机文件的说法错误的是_____。

A. 顺序文件中记录的逻辑顺序与存储顺序是一致的

B. 随机文件读写操作比顺序文件灵活

C. 随机文件的结构特点是固定记录长度，以及每条记录均有记录号

D. 随机文件的操作与顺序文件相同

例题分析：由于随机文件与顺序文件结构不同，它们的操作有很大的区别。

答案：D

【例 11-7】文件操作的一般步骤是_____。

A. 打开文件、操作   B. 打开文件、关闭文件、操作

C. 打开文件、操作、关闭文件   D. 操作、关闭

例题分析：Visual Basic 中要使用文件，必须首先用 Open 语句打开。文件打开后才可以进行文件的读、写操作。文件使用完毕，必须用 Close 语句关闭，否则有可能丢失数据。文件关闭后，所占用的内存将被释放。

答案：C

【例 11-8】下列关于 Visual Basic 中打开文件的说法正确的是_____。

A. Visual Basic 在引用文件之前无须将其打开

B. 用 Open 语句可以打开随机文件、顺序文件等

C. Open 语句的文件号可以是整数或是字符表达式

D. 使用 For Output 参数不能建立新的文件

例题分析：在引用文件之前需将其打开；用 Open 语句可以打开随机文件、顺序文件和二进制文件，文件号是 1～511 之间的整数，不能是字符表达式；使用 For Output 参数可以建立新文件。

答案：B

【例 11-9】在用 Open 打开文件时，若省略"For 方式"，则文件的打开方式为_____。

A. 顺序输出方式   B. 顺序输入方式

C. 随机存取方式   D. ASCII 码方式

例题分析：如果未指定打开方式，则以 Random 方式打开文件。

答案：C

【例 11-10】文件号的最大值为_____。

A. 512   B. 256   C. 511   D. 255

答案：C

【例 11-11】在当前目录下建立一个名为 Telbook. txt 的文件，应使用的语句是_____。

A. Open" telbook. txt" For Output As #1

B. Open" C：\telbook. txt" For Input As #1

C. Open" C：\telbook. txt" For Output As #1

D. Open" telbook. txt" For Input As #1

例题分析：选项 B 将 C 盘根目录下的 Telbook. txt 以读入方式打开，选项 C 将在 C 盘根目录下创建 Telbook. txt 文件，选项 D 将当前目录下的 Telbook. txt 以读入方式打开。只有选项 A 可以在当前目录建立文件。

答案：A

【例 11-12】在关于下面语句的叙述中，错误的说法是_____。

Open" C：\book. txt" For Input As #1

A. 该语句打开 C 盘根目录下 1 个已存在的文件 book. txt

B. 该语句在 C 盘根目录下建立 1 个名为 book. txt 的文件

C. 该语句建立的文件，文件号为 1

D. 执行该语句后，就可以通过 Input 语句从文件 book. txt 中读信息

例题分析：以 Input 方式打开的顺序文件只能读，且必须是磁盘上已经存在的文件。以 Output 方式打开的顺序文件只能写，若无此文件，则自动建立。

答案：B

【例 11-13】执行语句 Open "tel. dat" For Random As #1 Len =50 后，对文件 tel. dat 中的数据可以执行的操作是_____。

A. 只能写，不能读   B. 只能读，不能写

C. 既可以读，也可以写   D. 既不能读，也不能写

例题分析：上述语句用来打开随机文件，以 Random 方式打开的文件，既可以读也可以写。

答案：C

【例 11-14】在程序中，如果执行 Close 语句，其作用是_____。

A. 关闭当前正在使用的 1 个文件

B. 关闭第 1 个打开的文件

C. 关闭最近 1 次打开的文件

D. 关闭所有文件

例题分析：Close 语句缺省文件号时，表示关闭所有文件。要关闭指定文件需在此语句后加上相应的文件号。

答案：D

【例 11-15】为了读取一个随机文件，由于其中每一条记录由多个不同的数据类型的数

据项组成，故应使用_____。

A. 变体类型　　　　　　　　　　　　B. 过程类型

C. 记录类型　　　　　　　　　　　　D. 字符串类型

例题分析：随机文件中记录的不同字段，通常具有不同的类型，为了便于记录的读写操作，通常在程序设计时，定义相应的记录类型（用户自定义类型）变量。

答案：C

【例 11-16】 判断是否到了文件结束标志的函数是_____。

A. EOF　　　　　　B. END　　　　　　C. LOF　　　　　　D. CLOSE

例题分析：EOF 函数用来测试文件是否结束，返回值为逻辑值。LOF 函数返回文件包含的字节数。END 为结束语句，CLOSE 为关闭文件的语句。

答案：A

【例 11-17】 以下叙述中错误的是_____。

A. Open 语句只能打开 1 个已经存在的文件

B. 随机文件每条记录的长度是固定的

C. 执行如下命令后，文件指针指向文件的开头

　　Open" c : \vb\file. dat" For Output As #1

D. 以下循环条件表示当到达文件末尾结束循环

　　Do While Not EOF( )

　　　　<循环体语句>

　　Loop

例题分析：当用 Open 语句以写方式打开文件时，若磁盘上无此文件，则自动建立。

答案：A

【例 11-18】 能对顺序文件进行写入操作的语句是_____。

A. Put　　　　　　B. Get　　　　　　C. Write　　　　　　D. Read

例题分析：Put 的作用是将变量的内容写入随机文件的指定记录中。Get 语句用来将随机文件中指定记录的内容读出到变量中。而 Write 语句用来将数据添入到顺序文件中。

答案：C

【例 11-19】 以下叙述中错误的是_____。

A. 用 Print 语句和 Write 语句都可以向文件中写入数据

B. 用 Print 语句和 Write 语句所建立的顺序文件格式完全一样

C. 如果用 Print 语句把数据写入到文件，则各数据项之间没有逗号分隔，字符串也不加双引号

D. 如果用 Write 语句把数据写入到文件，则各数据项之间自动插入逗号，并且把字符串加上双引号

例题分析：Write 语句和 Print 语句的主要区别是，用 Write 语句向文件写入的数据，在数据项之间自动插入逗号。若为字符串数据，则给字符串加上双引号。

答案：B

【例 11-20】 以下关于顺序文件的叙述中正确的是_____。

A. 可以用不同的文件号以不同的读写方式打开同一个文件

B. 文件中各记录的写入顺序与读出顺序是一致的

C. 可以用 Input 或 Line Input 语句向文件写记录

D. 如果用 Append 方式打开文件，则可以在文件末尾添加记录，也可以读取原有记录

例题分析：顺序文件的存储顺序与读取顺序一致，即记录的写入顺序与读出顺序相一致。用 Open 命令打开文件时，要给文件指定一个未被占用的文件号。Input 或 Line Input 语句用来从顺序文件向内存读取数据。Append 方式以写方式打开文件，不能进行读操作。

答案：B

【例 11-21】如果改变驱动器列表框的 Drive 属性，则将触发的事件是_____。

A. Change   B. Scroll   C. KeyDown   D. KeyUp

例题分析：改变驱动器列表框的 Drive 属性，则将触发 Change 事件。

答案：A

【例 11-22】假设在窗体 Form1 的代码窗口中定义如下记录类型：

```
Private Type animal
    AnimalName As String * 20
    AColor As string * 10
End type
```

在窗体上添加一个名称为 Command1 的命令按钮，编写如下事件过程：

```
Private Sub Command1_Click( )
    Dim rec As animal
    Open" c：\vbtest. dat" For Random As #1 Len = len( rec )
    Rec. AnimalName = " Cat"
    Rec. AColor = " White"
    Put #1 , , rec
    Close #1
End sub
```

则以下叙述中正确的是_____。

A. 记录类型 animal 不能在 Form1 中定义，必须在标准模块中定义

B. 如果文件 c：\vbtest. dat 不存在，则 Open 命令执行失败

C. 由于 Put 命令中没有指明记录号，因此每次都把记录写到文件末尾

D. 语句 Put #1 , , res 将 animal 类型的两个数据元素写到文件中

例题分析：自定义类型可以写在窗体的通用声明处；对文件进行写操作时，如果指定的文件不存在，会自动创建一个；Put 语句不指定记录号时向当前记录写。

答案：D

【例 11-23】目录列表框中 Path 属性的作用是_____。

A. 显示当前驱动器或指定驱动器上的路径

B. 显示当前驱动器或指定驱动器上某目录下的文件名

C. 显示根目录下的文件名

D. 只显示当前路径下的文件

答案：A

【例11-24】文件列表框中用于返回所选文件的文件名属性的是_____。

A. File   B. FilePath   C. Path   D. FileName

例题分析：FileName 属性用来返回某个选定的文件名（不包括路径）。当用户双击文件列表框中的文件时，即将该文件名赋给该属性。

答案：D

【例11-25】文件列表框中 Pattern 属性的作用是_____。

A. 显示某一种类型的文件

B. 显示当前驱动器或指定驱动器上的目录结构

C. 显示根目录下的文件名

D. 显示指定路径下的文件名

答案：A

【例11-26】以下4个控件中具有 FileName 属性的是_____。

A. 文件列表框   B. 驱动器列表器

C. 目录列表框   D. 列表框

例题分析：只有文件列表框具有 FileName 属性。

答案：A

11.2.2 填空题

【例11-27】在窗体上建立1个命令按钮（Command1）和1个文本框（Text1）。程序的功能是打开文本文件 myfile. txt，把它的全部内容读到内存，并在文本框中显示出来。事件代码如下：

```
Private Sub Command1_Click()
    Dim indata As String
    Text1. Text = " "
    Open" d：\test\myfile. txt" For __[1]__ As #1
    Do While Not EOF(1)
        Input #1 , indata
        Text1. Text = Text1. Text + indata
    Loop
    __[2]__
End Sub
```

答案：[1] Input   [2] Close 1 或 Close #1

【例11-28】以下程序的功能是打开当前路径下的 telbook. txt 文件，读取文件中的数据，并将数据显示在窗体上，请填空。

```
Private Sub Form_Click()
    __[1]__
    Do While Not EOF(1)
        __[2]__
```

```
        Print xm,num,pos
    Loop
    Close 1
End Sub
```

答案: [1] Open App. Path & " \telbook. txt"For Input As #1

　　　　[2] Input #1, xm, num, pos

【例11-29】在窗体上添加一个文本框,名称为 text1。程序功能是:在 D 盘 temp 目录下建立一个名为 dat. txt 的文件。在文本框中输入字符,按回车键把文件框中的内容写入文件,并清除文本框中的内容;如果输入 "END",则程序结束。编写如下程序,请填空。

```
Private Sub Form_Load( )
    Open"d:\temp\dat. txt"For Output As #1
    Text1. Text = " "
End Sub
Private Sub Text1_KeyPress(KeyAscii As Integer)
    If KeyAscii =    [1]    Then
        If UCase(Text1. Text) =    [2]    Then
            Close 1
            End
        Else
            Write #1,Text1. Text
            Text1. Text = " "
        End If
    End If
End Sub
```

答案: [1] 13　　　　[2] "END"

【例11-30】以下程序的功能是把顺序文件 smtext1. txt 的内容读入内存,并在文本框 Text1 中显示出来。请填空。

```
Private Sub Command1_Click( )
    Dim indata as string
    Text1. Text = " "
    Open"d:\test\smtext1. txt"For    [1]
    Do While Not Eof(1)
        [2]
      Text1. Text = Text1. Text & indata
    Loop
    Close 1
End Sub
```

答案: [1] Input As #1　　　[2] Input #1, indata

【例11-31】在名称为 Form1 的窗体上添加一个文本框,名称为 Text1,在属性窗口中把文本框的 MultiLine 属性设置为 True。程序的功能是:把磁盘文件 smtext1. txt 的内容读到内存并在文本框中显示出来，然后把该文本框中的内容存入磁盘文件 smtext2. txt。编写如下程序，请填空。

```
Private Sub Form_Click( )
    Open" d: \test\smtext1. txt" For Input As #1
    Do While Not    [1]
            Line Input #1 , aspect  $
            whole $ = whole $ + aspect $ + Chr( 13) + Chr( 10)
    Loop
    Text1. Text = whole  $
    Close #1
    Open" d: \test\smtext2. txt" For Output As #1
    Print #1 ,   [2]
    Close #1
End Sub
```

答案: [1] EOF （1）   [2] Text1. text （或 whole $）

【例 11-32】在窗体上建立 1 个文本框（Text1），在属性窗口中把该文本框的 MultiLine 属性设置为 True。程序的功能是：把磁盘文件 smtext1. txt 的内容读到内存并在文本框中显示出来。编写如下程序，请填空。

```
Private Sub Form_Click( )
    Open" d: \test\smtext1. txt" For Input As #1
    Do While Not    [1]
        Line Input #1 , aspect  $
        whole $ = whole $ + aspect $ + Chr $( 13) + Chr $( 10)
    Loop
    Text1. Text =    [2]
    Close #1
End Sub
```

答案: [1] EOF （1）   [2] whole $ 或 whole

【例 11-33】设窗体中已经加入了文件列表框（File1）、目录列表框（Dir1）和驱动器列表框（Drive1），完成下列程序，使这 3 个控件可以同步变化。

```
Private Sub Drive1_Change( )
        [1]
End Sub
Private Sub Dir1_Change( )
        [2]
End Sub
Private Sub File1_Click( )
    Msgbox File1. filename
End Sub
```

答案：［1］Dir1. Path = Drive1. Drive　　　［2］File1. Path = Dir1. Path

11.3　实验指导

11.3.1　实验1　顺序文件的读写操作1

1. 实验目的

1）掌握读写文件语句的使用及相关函数的用法。

2）熟悉顺序文件的读写操作。

2. 实验内容

设计一个将顺序文件读入，并以矩阵形式显示出来的程序。

项目分析： 磁盘当前目录下有一个顺序文件 data. txt，其中存放有25个整数，如图11-1所示。

图 11-1　data. txt 文件内容

程序运行，单击"开始"按钮时，这25个整数读入到二维数组 arr 中。然后以5行5列矩阵的形式显示在窗体上，同时显示出此矩阵第3行各项的和，如图11-2所示。

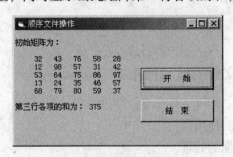

图 11-2　读入文件并以矩阵形式显示

项目设计：

1）创建界面。建立工程，在窗体上添加两个命令按钮，并修改其 Caption 属性为"开始"和"结束"，如图11-2所示。

2）编写代码。

```
Option Base 1
Private Sub Command1_Click( )
    Const N = 5 :Const M = 5
    Dim arr( M,N)
    Dim Sum,i,j
    '工程文件和 data. txt 在同一路径下才能够使用 App. Path 访问
```

```
Open App. Path + " \data. txt" For Input As #1
For i = 1 To N
    For j = 1 To M
        Input #1 , arr(i,j)                    '每次读取一个数据到数组 arr(i,j)中
    Next j
Next i
Close #1
Print" 初始矩阵为:"
Print                                          '输出一个空行
For i = 1 To N
    For j = 1 To M
        Print Tab(5 * j); arr(i,j);
    Next j
    Print
Next i
Sum = 0
For j = 1 To M
    Sum = Sum + arr(3,j)
Next j
Print
Print" 第三行各项的和为:" ; Sum
End Sub
Private Sub Command2_Click( )
    End
End Sub
```

11.3.2　实验 2　顺序文件的读写操作 2

1. 实验目的

1）掌握读写文件语句的使用。

2）掌握数据文件中数据的处理。

3）掌握顺序文件读取。

2. 实验内容

设计将磁盘上数据文件中数据读入，排序后存入新文件中的程序。

项目分析：程序运行时，窗体上显示两个文本框，分别为 Text1 和 Text2，单击"取数"按钮，将当前目录 In. txt 的 10 个整数读入并显示在 Text1 中。单击"偶数"按钮，将这 10 个数中的偶数显示在 Text2 中。单击"存盘"将所有偶数存入当前目录下的 Out. txt 中。程序界面如图 11-3 所示。

项目设计：

1）创建界面。新建工程，在窗体上添加两个文本框 Text1 和 Text2，添加 3 个命令按钮 Command1、Command2 和 Command3。修改文本框的 Text 属性为空，修改命令按钮的 Caption 属性分别为"取数"、"偶数"和"存盘"，如图 11-3 所示。

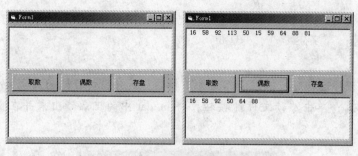

图 11-3 读入数据并求其中偶数的程序

2）编写代码。下面给出了部分程序，要求阅读程序，把程序的中"??"改为正确的内容，并编写"偶数"按钮的 Click 事件过程，使其实现上述功能，不要修改程序中的其他部分。部分代码如下：

```
Dim a(10) As Integer
Private Sub Command1_Click()
    Dim k As Integer,ch As String
    ??                      '打开当前目录下 In. dat 的语句
    ch = " "
    For k = 1 To 10
        ??                  '读入一个数给相应的数据元素的语句
        ch = ch + Str(a(k)) + " "
    Next k
    Close #1
    Text1. Text = ch
End Sub
Private Sub Command2_Click()
 '此事件求出数组 A 中的偶数,显示在文本框 Text2 中,编写程序
??
End Sub
Private Sub Command3_Click()
    Open App. path &" out. dat" For Output As #1
    ??                      '将 Text2. Text 写入 Out. dat 的语句
    Close #1
End Sub
```

11.3.3 实验 3　随机文件的读写操作

1. 实验目的

1）掌握自定义类型的使用。

2）掌握读写随机文件的语句。

3）掌握随机文件数据的处理。

2. 实验内容

将记录型数据写入磁盘上的随机文件，并读出其中记录。数据记录为：

姓名：	字符型	10 位
电话号码：	字符型	11 位
邮编：	长整型	

　　项目分析：程序运行时，单击"写文件"按钮，打开当前目录的随机文件 in. dat，并按提示写入记录内容；单击"读文件"按钮，将 in. dat 中的记录读出来并在窗体上显示，如图 11-4 所示。

图 11-4　读出随机文件的内容

　　项目设计：

　　1）创建界面。建立工程，在窗体上添加 2 个命令按钮 Command1、Command2，并分别修改 Caption 属性分别为"写文件"和"读文件"，如图 11-4 所示。

　　2）编写代码。

```
Private Type Tele                              '按照要求定义数据类型 Tele
    Name As String * 10
    Tel As String * 11
    Pos As Long
End Type
Dim Pers As Tele                               '定义变量 Pers 为 Tele 数据类型
Dim RecNum As Integer                          '定义变量 RecNum 存放记录个数
Private Sub Command1_Click( )
    Open App. Path &" \in. dat"For Random As #1 Len = Len(Pers)
    RecNum = LOF(1)/Len(Pers)
    '用文件总长度除以每条记录长度,求出总的记录个数,如文件中没有数据则 RecNum 为 0
Do
    Pers. Name = InputBox("请输入姓名")        '通过输入框输入记录的姓名
    Pers. Tel = InputBox("请输入电话")
    Pers. Pos = InputBox("请输入邮政编码")
    RecNum = RecNum + 1                         '记录加 1
    Put #1,RecNum,Pers                         '向第 RecNum 条记录写入数据
    asp = InputBox("继续输入(Y/N)?")           '询问是否继续输入
    '按 N 键,退出循环,输入结束;按其他键循环输入下一条记录
    Loop While UCase(asp) <>"N"
    Close 1
End Sub
```

146

```
Private Sub Command2_Click( )
        Open App. Path &" \in. dat" For Random As #2 Len = Len( Pers)
        Cls
        RecNum = LOF(2) / Len( Pers)                    '求出文件中记录总数
        For i = 1 To RecNum                             '循环输出每一条记录
            Get #2 , i , Pers
            Print Pers. Name; Pers. Tel; Pers. Pos
        Next i
        Close 2
    End Sub
```

11.3.4　实验 4　文件系统控件的使用

1. 实验目的

1）熟悉驱动器列表框（Drive ListBox）、目录列表框（Dir ListBox）、文件列表框（File ListBox）的功能和使用。

2）掌握 3 个文件系统控件属性设置及配合使用的方法。

2. 实验内容

利用 3 个文件系统控件编写程序。

项目分析: 程序运行时，选择一个文件后，窗体上将显示出该文件的大小。

项目设计:

1）创建界面。建立工程，在窗体上添加 1 个驱动器列表框、1 个目录列表框、1 个文件列表框、1 个组合框、1 个文本框和 2 个命令按钮。加入 5 个标签，其中在"目录"标签下有一个标签，Caption 属性为空，用于显示所选目录名，界面设计如图 11-5 所示。

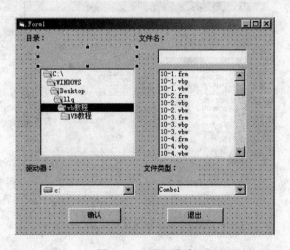

图 11-5　界面设计

2）属性设置。在属性窗口中设置窗体和各控件的名称及标题，如表 11-1 所示。

表 11-1　属性设置

控　　件	名　　称	标　　题
窗体	Form1	文件系统控件
标签	lblDir	目录:
标签	lblFilename	文件名:
标签	lblDrive	驱动器:
标签	lblFiletype	文件类型:
标签	lblDirname	空白
目录列表框	DirDir	
文件列表框	FileFiles	
驱动器列表框	DrvDrive	
组合框	cboFileType	
文本框	TxtFilename	
命令按钮	OK	确认
命令按钮	Quit	退出

3）编写代码完成下述功能。

- 实现驱动器列表框、目录列表框和文件列表框的配合使用。
- 组合框中列出 3 种文件类型:"所有文件（*.*）"、"*.TXT"和"*.DOC"。文件列表框中列出的文件类型应与组合框中选择的文件类型相同。
- 程序运行后,当选择某一文件时,在标签（lblDirname）中显示所选目录。单击"确认"按钮或直接双击文件名,可在信息框中显示出此文件的大小,如图 11-6 所示。

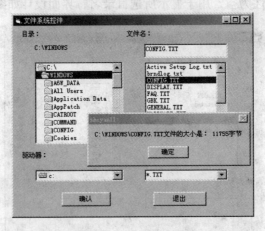

图 11-6　程序运行结果

- 单击"退出"按钮,结束程序。

代码如下:

```
Private Sub Form_Load( )                          '窗体载入,向组合框添加 3 种文件类型
    cboFileType. AddItem" 所有文件( * . * )"
    cboFileType. AddItem" * . TXT"
```

```
      cboFileType. AddItem" * . DOC"
      cboFileType. ListIndex = 0                    '组合框初始显示为"所有文件( * . * )"
      lblDirname. Caption = dirDir. path            '标签显示路径列表框的内容
End Sub
Private Sub cboFileType_Click( )
   '分支结构的作用:根据组合框的不同选择,设置文件列表框所能显示的文件类型
      Select Case cboFileType. ListIndex
        Case 0
          fileFiles. Pattern = " * . * "
        Case 1
          fileFiles. Pattern = " * . txt"
        Case 2
          fileFiles. Pattern = " * . doc"
      End Select
End Sub
Private Sub Quit_Click( )
   End
End Sub
Private Sub OK_Click( )
   Dim path_name As String
   Dim filesize As String
   Dim path
If txtFilename. Text = " " Then
   MsgBox" 请选择一个文件"
   Exit Sub
End If
If Right $ ( fileFiles. path,1)  <> " \"Then
    path = fileFiles. path + " \"
Else
    path = fileFiles. path
End If
'以上双分支表示求出某文件的路径,如果是根目录,则 path 属性的最后包含"\"符号,如果是某
个文件夹,则最后没有"\"符号,在描述文件所在位置时,就要加上"\"符号。例如:选择 d 盘下的
aa. txt 文件,则 fileFiles. path 值为"d:\",直接连接上文件名 aa. txt 即可描述完全为 d:\aa. txt;选择
d 盘下 aa 文件夹下的 bb. txt,则 fileFiles. path 值为 d:\aa,此时要想描述文件所在位置,则要先连接
一个"\",再连接文件名 bb. txt,才能描述完全为 d:\aa\bb. txt。
   path_name = path + fileFiles. FileName          '变量 path_name 保存选定文件的完整路径和名称
   On Error GoTo filelenerror                      '发生错误跳转到标记 filelenerror 处
   filesize = Str $ (FileLen( path_name))          '求出文件长度,并转换为字符型
   MsgBox path_name + "文件的大小是:" + filesize + "字节"
   Exit Sub
   Filelenerror:
   MsgBox path_name + "文件未找到",48,"Error"
```

```
        Exit Sub
    End Sub
Private Sub dirDir_Change( )
    fileFiles. path = dirDir. path
    lblDirname. Caption = dirDir. path
End Sub
Private Sub drvDrive_Change( )
    dirDir. path = drvDrive. Drive
End Sub
Private Sub fileFiles_Click( )
    txtFilename. Text = fileFiles. FileName
End Sub
Private Sub fileFiles_DblClick( )
    txtFilename = fileFiles. FileName
    Call OK_Click        '双击某文件把文件,名显示在文本框中,调用命令按钮"Ok"的程序
End Sub
```

第12章　对话框程序设计

12.1　知识要点

1）对话框的作用和分类。
2）通用对话框控件的属性和方法。
3）通用对话框的使用。

12.2　相关知识与例题分析

12.2.1　选择题

【例12-1】Visual Basic 对话框分为 3 种类型，这 3 类对话框是_____。
A. 输入对话框、输出对话框和信息对话框
B. 预定义对话框、自定义对话框和文件对话框
C. 预定义对话框、自定义对话框和通用对话框
D. 函数对话框、自定义对话框和文件对话框

例题分析：Visual Basic 的对话框分为 3 种，即预定义对话框、自定义对话框和通用对话框。当执行 InputBox 函数、MsgBox 函数时，弹出的对话框属于系统预定义对话框。文件对话框属于通用对话框，是"打开"和"另存为"对话框的统称。

答案：C

【例12-2】用 InputBox 函数弹出的对话框，其功能是_____。
A. 只能接收用户输入的数据，但不会返回任何信息
B. 能接收用户输入的数据，并返回用户输入的信息
C. 既能用于接收用户输入的信息，又能用于输出信息
D. 专门用于输出信息

例题分析：InputBox 函数用来接收并返回用户的输入信息，不具有输出信息的功能。

答案：B

【例12-3】执行 MsgBox 语句后，弹出的对话框是_____。
A. 接收用户信息　　　　　　　　　　B. 返回用户输入的信息
C. 模式对话框　　　　　　　　　　　D. 无模式对话框

例题分析：模式对话框是指打开对话框后，必须关闭对话框才能继续执行应用程序的其他部分。无模式对话框是指打开对话框后，该对话框不必关闭仍可继续执行其他操作。执行 MsgBox 语句后，弹出的对话框用来显示消息，不能接收和返回用户输入的信息。此对话框为模式对话框。

答案：C

举一反三：对话框在关闭之前，不能继续执行其他操作。这种对话框属于_____。

A. 输入对话框   B. 输出对话框

C. 模式对话框   D. 无模式对话框

答案：C

【例12-4】在窗体添加通用对话框必须先将_____添加到工具箱中。

A. Data 控件   B. Form 控件

C. CommonDialog 控件   D. VBComboBox 控件

答案：C

【例12-5】将 CommonDialog 控件添加到窗体后，要显示相应的对话框的方法是_____。

A. 在属性窗口中设置 CommonDialog 控件的 Action 属性

B. 在代码中设置 CommonDialog 控件的 Action 属性的值

C. 在代码中调用 CommonDialog 控件的相应事件

D. 在属性窗口中设置 CommonDialog 控件的 Show 方法

例题分析：CommonDialog 控件添加到窗体后，显示相应的对话框的方法有两个，通过设置 Action 属性或调用 Show 方法，无论哪一种方法都是在程序设计阶段通过代码来完成的，而不能进行属性窗口设置。

答案：B

【例12-6】CommonDialog 控件可以显示_____对话框。

A. 4 种   B. 5 种   C. 6 种   D. 7 种

例题分析：通用对话框是 Visual Basic 提供的标准对话框界面，包括打开、另存为、颜色、字体、打印、帮助 6 种对话框，利用 CommonDialog 控件可以显示这 6 种对话框。

答案：C

【例12-7】利用通用对话框控件可以建立多种对话框，下面不能用该控件建立的对话框是_____。

A. "打开"对话框   B. "另存为"对话框

C. "显示"对话框   D. "颜色"对话框

答案：C

【例12-8】以下叙述中错误的是_____。

A. 在程序运行时，通用对话框控件是不可见的

B. 在同一个程序中，用不同的方法（如 ShowOpen 或 ShowSave 等）激活同一个通用对话框，可以使该通用对话框具有不同的作用

C. 调用通用对话框的 ShowOpen 方法，能够直接打开在该通用对话框中指定的文件

D. 调用通用对话框的 ShowColor 方法，可以打开颜色对话框

例题分析：ShowOpen 方法只能显示"打开"对话框，并不能真正打开一个文件，它仅仅提供一个打开文件的用户界面，供用户选择路径和要打开的文件，打开文件的具体工作还是要编写程序来完成。

答案：C

【例12-9】使用通用对话框控件时，为了在"打开"对话框的标题栏上显示"请选择所要打开的文件"，应设置的属性是_____。

A. DialogTitle　　　　B. FileName　　　　C. FileTitle　　　　D. FontName

例题分析：DialogTitle 属性决定通用对话框标题，可以是任意字符；FileName 属性值设置或返回用户所选定的文件名，包括路径名；FileTitle 属性用于返回或设置用户所要打开文件的文件名，它不包含路径；FontName 属性返回用户所选定的字体名称。

答案：A

【例12-10】"打开"和"另存为"对话框中的 FileName 属性是_____。

A. 只含有文件名的字符串

B. 含有相对于当前文件夹的路径和文件名的字符串

C. 含有相对于当前盘的绝对路径的文件名的字符串

D. 含有盘符、绝对路径和文件名的字符串

例题分析："打开"和"另存为"对话框中的 FileName 属性是含有盘符、绝对路径和文件名的完整字符串，所以只有选项 D 正确。

答案：D

【例12-11】假定在窗体上建立一个通用对话框，其名称为 CommonDialog1，用下面的语句可以显示一个对话框：

　　　　CommonDialong1. Action = 4

与该语句等价的语句是_____。

A. CommonDialog1. ShowOpen

B. CommonDialog1. ShowFont

C. CommonDialog1. ShowColor

D. CommonDialog1. ShowSave

例题分析：CommonDialog1. Action = 4 的作用是显示"字体"对话框，方法 ShowFont 也是显示"字体"对话框。

答案：B

举一反三：通用对话框的显示类型总结如表12-1所示所示。

表12-1　通用对话框的显示类型

对话框名称	Action 值	方　法
"打开"对话框	1	ShowOpen
"另存为"对话框	2	ShowSave
"颜色"对话框	3	ShowColor
"字体"对话框	4	ShowFont
"打印"对话框	5	ShowPrint
"帮助"对话框	6	ShowHelp

【例12-12】在用通用对话框控件建立"打开"或"保存"文件对话框时，如果需要指定文件列表框所列出的文件类型是 *. doc 文件，则正确的描述格式是_____。

A. "text(. doc)│ *. doc"　　　　　　　　B. "text(. doc)│(*. doc)"

C. "text(. doc)‖∗. doc" D. "text(. doc)(∗. doc)"

相关知识： 通用对话框文件类型的过滤。

例题分析： 在建立"打开"或"保存"文件对话框时，需要设置通用对话框的 Filter 属性，即把文件类型描述字符串赋值给 Filter 属性。其格式为：

    description1|filter1|description2|filter2...

其中，description 是文件类型说明，filter 是过滤字符串，discription 和 filter 必须成对出现，并且之间由"｜"分隔开，文件类型描述字符串中可以有多组 description|filter，每组之间也由"｜"隔开。

例如，"文本文件|∗. txt|word 文档|∗. doc|位图（bmp）|∗. bmp"，可以过滤出 3 种文件类型。本题只描述一类文件，所以正确答案为 A。

答案： A

【例 12-13】 在窗体上添加 1 个通用对话框，名称为 CommonDialog1，则下列语句中正确的是_____。

A. CommonDialog1. Filter = "All Files(∗.∗)|∗.∗|Pictures(∗.bmp)|∗.bmp"

B. CommonDialog1. Filter = "All Files(∗.∗)"|∗.∗|"Pictures(∗.bmp)|∗.bmp"

C. CommonDialog1. Filter = |All Files(∗.∗)|∗.∗|Pictures(∗.bmp)|∗.bmp|

D. CommonDialog1. Filter = All Files(∗.∗)|∗.∗|Pictures(∗.bmp)|∗.bmp

答案： A

【例 12-14】 假设在窗体上建立了一个通用对话框，其名称为 CD1，然后添加一个命令按钮 Command1，并编写如下事件过程：

```
Private Sub Command1_Click( )
    CD1. Flags = 4
    CD1. Filter = "all files(∗.∗)|∗.∗|text Files(∗. Txt)|∗. txt|Batch Files(∗. bat)|∗. bat"
    CD1. FilterIndex = 2
    CD1. ShowOpen
    MsgBox CD1. FileName
End Sub
```

程序运行后，单击命令按钮，将显示一个"打开"对话框，此时在"文件类型"列表框中显示的是_____。

A. All Files（∗.∗） B. Text Files（∗. Txt）

C. Batch Files（. bat） D. 不确定

相关知识： 通用对话框文件类型的过滤。

例题分析： 事件过程中第 2 条语句的作用使"打开"对话框可以显示 3 种类型的文件，默认情况下显示第 1 种类型，但第 3 条语句把 FilterIndex 属性设置为 2，这样首先显示第 2 种文件类型。所以在本题中，显示的是 Text Files（∗. Txt）。

答案： B

【例 12-15】 在窗体中添加一个通用对话框，其名称为 CD1，然后添加一个命令按钮。要求单击命令按钮时，显示一个"打开"对话框，在"文件类型"列表框中显示的是 Text-

Files（*.txt），则能够满足上述要求的程序是_____。

A. Private Sub Command1_Click( )
  CD1.Flags = cdlOFNHideReadOnly
  CD1.Filter = "allfiles（*.*）|*.*|textfiles（*.txt）|*.txt|Batchfiles（*.bat）|*.bat"
  CD1.FilterIndex = 1
  CD1.ShowOpen
  MsgBox CD1.FileName
  End Sub

B. Private Sub Command1_Click( )
  CD1.Flags = cdlOFNHideReadOnly
  CD1.Filter = "allfiles（*.*）|*.*|textfiles（*.txt）|*.txt|Batchfiles（*.bat）|*.bat"
  CD1.FilterIndex = 2
  CD1.ShowOpen
  MsgBox CD1.FileName
  End Sub

C. Private Sub Command1_Click( )
  CD1.Flags = cdlOFNHideReadOnly
  CD1.Filter = "allfiles（*.*）|*.*|textfiles（*.txt）|*.txt|Batchfiles（*.bat）|*.bat"
  CD1.FilterIndex = 1
  CD1.ShowSave
  MsgBox CD1.FileName
  End Sub

D. Private Sub Command1_Click( )
  CD1.Flags = cdlOFNHideReadOnly
  CD1.Filter = "allfiles（*.*）|*.*|textfiles（*.txt）|*.txt|Batchfiles（*.bat）|*.bat"
  CD1.FilterIndex = 2
  CD1.ShowSave
  MsgBox CD1.FileName
  End Sub

例题分析：CD1.Flags = cdlOFNHideReadOnly 设置通用对话框不显示"只读"复选框
答案：B

12.2.2 填空题

【例 12-16】在窗体中添加 1 个通用对话框 CD1、命令按钮 Command1 和 Command2，以及个标签 Label1，它的显示内容为"沈阳"。要求当程序运行时，单击 Commond1 会弹出"颜色"对话框，在"颜色"对话框中可以为 Label1 中的文字设置颜色。当单击 Command2 时，弹出"字体"对话框，可以为 Label1 中的文字选择字体。请完善下面程序。

```
Private Sub Command1_Click( )
  CD1.ShowColor
```

```
        Label1. ForeColor = CD1.    [1]
    End Sub
    Private Sub Command2_Click( )
        CD1.    [2]
        Label1. FontBold = CD1. FontBold
        Label1. FontItalic = CD1. FontItalic
        Label1. FontName = CD1. FontName
        Label1. FontSize = CD1. FontSize
        Label1. FontStrikethru = CD1. FontStrikethru
        Label1. FontUnderline = CD1. FontUnderline
    End Sub
```

例题分析： "颜色" 对话框 CD1 的属性 Color 返回选定的颜色值，再赋值给 Label1 的 ForeColor 前景颜色属性，文字的颜色就变成了所选的颜色。弹出 "字体" 对话框有两种方法，ShowFont 或 Action = 4。

答案： [1] Color   [2] ShowFont 或 Action = 4

【例 12-17】 在窗体上有一个名称为 CD1 的通用对话框，一个名称为 Text1 的文本框和一个名称为 Command1 的命令按钮。程序执行时，单击 Command1 按钮，则显示 "打开文件" 对话框，选择一个文本文件后单击对话框上的 "打开" 按钮，则可以打开该文本文件，并读入一行文本，显示在 Text1 中。请完善下面程序。

```
    Private Sub Command1_Click( )
        CD1. Filter = "文本文件| * . txt|Word 文档| * . doc"
        CD1. Filterindex = 1
        CD1. Showopen
        If CD1. FileName < > " " Then
            Open    [1]    For Input As #1
            Line Input #1 , ch $
            Close #1
            Text1. text =    [2]
        End If
    End Sub
```

答案： [1] CD1. FileName   [2] ch 或者 ch $

12.3　实验指导

12.3.1　实验1　"打开" 对话框的使用

1. 实验目的
掌握 "打开" 对话框的使用方法。

2. 实验内容
设计一个图像浏览器程序。

项目分析： 当程序运行后，单击"选择图片"按钮会弹出"打开"对话框。在"打开"对话框中选择图片，图片的路径名和文件名便保存到列表框中，当单击列表框中的选项时，选项对应的图片便显示在图片框中，程序运行结果如图 12-1 所示。

图 12-1　打开对话框示例

项目设计：

1）在工具箱添加通用对话框控件。在菜单中选择"工程 | 部件"命令，在"部件"对话框的列表中找到 Microsoft Common Dialog Control 6.0 选项，将其选中，单击"确定"按钮。

2）创建界面：在窗体中添加 1 个图片框、1 个命令按钮、1 个通用对话框和 1 个列表框。

3）属性设置：将按钮的 Caption 属性设置为"选择图片"；将通用对话框的名称属性设置为 CD1。

4）编写代码：

```
Private Sub Form_Load( )
    '设置文件过滤器为 Bmp、Jpg、Gif 类型
    CD1. Filter = "( * . JPG) | * . jpg| ( * . BMP) | * . bmp| ( * . GIF) | * . gif"
    CD1. FilterIndex = 2              'Bmp 类型为默认类型
End Sub
Private Sub Command1_Click( )
    CD1. ShowOpen
    List1. AddItem CD1. FileName
End Sub
Private Sub List1_Click( )
    Picture1. Picture = LoadPicture( List1. Text)
End Sub
```

12.3.2　实验 2　"颜色"和"字体"对话框的使用

1. 实验目的

掌握颜色对话框和字体对话框的使用方法。

2. 实验内容

设计一个设置文本框颜色和字体的程序。

项目分析: 利用颜色对话框和字体对话框设置文本框的前景色、背景色和字体。

项目设计:

1) 在工具箱添加通用对话框控件。在菜单中选择"工程 | 部件"命令,在"部件"对话框的列表中找到 Microsoft Common Dialog Control 6.0 选项,将其选中,然后"单击"确定按钮。

2) 创建界面:在窗体中添加 1 个文本框、1 个通用对话框和 3 个按钮,3 个按钮的 Caption 属性分别设置为"设置字色"、"设置背景色"、"设置字体";文本框的 Multiline 属性设置为 True;通用对话框的名称属性设置为 CD1,如图 12-2 所示。

图 12-2 颜色、字体对话框的使用

3) 编写代码。

```
Private Sub Command1_Click( )
    CD1. ShowColor
    Text1. ForeColor = CD1. Color
End Sub
Private Sub Command2_Click( )
    CD1. ShowColor
    Text1. BackColor = CD1. Color
End Sub
Private Sub Command3_Click( )
    CD1. Flags = cdlCFBoth
    CD1. ShowFont
    Text1. FontBold = CD1. FontBold
    Text1. FontItalic = CD1. FontItalic
    Text1. FontName = CD1. FontName
    Text1. FontSize = CD1. FontSize
    Text1. FontStrikethru = CD1. FontStrikethru
    Text1. FontUnderline = CD1. FontUnderline
End Sub
```

提示: 在显示字体对话框之前,将 Flags 属性设置为 cdlCFBoth,使字体对话框显示打印机字体和屏幕字体。一般来讲,在显示字体对话框之前,必须将通用对话框的 Flags 属性赋值为 cdlCFBoth、cdlCFPrinterFonts、cdlCFScreenFonts 中的一个。

12.3.3 实验3 "打开"和"另存为"对话框的使用

1. 实验目的

打开对话框和另存对话框的使用。

2. 实验内容

编写一个简单的文字编辑器。

项目分析：该程序具有打开、编辑、存储文本文件的功能。

项目设计：

1）在工具箱添加通用对话框控件。

2）创建界面：在窗体上添加 1 个文本框、3 个按钮和 1 个通用对话框。界面设计如图 12-3 所示。

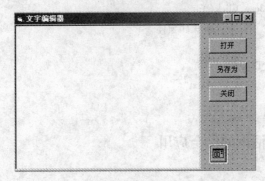

图 12.3　文本编辑器

3）属性设置：控件的属性设置如表 12-2 所示。

表 12-2　控件属性设置

控　件	属　　性	属　性　值
文本框	Name MultiLine	TxtNote True
通用对话框	Name	CD1
命令按钮	Name Caption	CmdOpen 打开
命令按钮	Name Caption	CmdSaveAs 另存为
命令按钮	Name Caption	CmdClose 关闭

4）编写代码：

```
Private Sub CmdOpen_Click( )
    CD1. Action = 1
    txtNote. Text = " "
    Open CD1. FileName For Input As #1
    Do While Not EOF(1)
        Line Input #1 , inputdata
```

```
        txtNote. Text = txtNote. Text + inputdata + Chr(13) + Chr(10)
    Loop
    Close #1
    Caption = "文本编辑器" + CD1. FileName
End Sub
Private Sub cmdSaveas_Click()
    CD1. Action = 2
    Close #1
    Open CD1. FileName For Output As #1
    Print #1 ,txtNote. Text
    Close #1
End Sub
Private Sub CmdClose_Click()
    Unload Me                    '关闭窗体
End Sub
Private Sub Form_Load()
    CD1. Filter = "( * . txt) | * . txt"
End Sub
```

12.3.4 实验4 对话框的综合应用

1. 实验目的
各种对话框的综合使用。

2. 实验内容
编写可以显示各种对话框的程序，运行结果如图 12-4 所示。

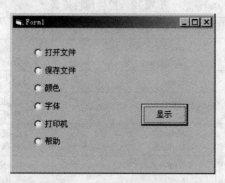

图 12-4 文本编辑器

项目分析：当程序运行后，选择"打开文件"单选按钮后，单击"显示"按钮，则显示"打开"对话框；若选择"颜色"单选按钮后，单击"显示"按钮，则打开"颜色"对话框，等等。

项目设计：

1）创建界面：在窗体上添加1个通用对话框，名称属性为 CD1；添加1个命令按钮 Command1，并将其 Caption 属性设置为"显示"；添加1个单选按钮 Option1，并把单选按钮的 Index 属性设置为 0。

2) 编写代码：

```
Private Sub Form_Load( )
    For i = 1 To 5
        Load Option1(i)                    '加载第 i 个单选按钮
        Option1(i). Top = Option1(i-1). Top + 400        '将第 i 个单选按钮下移 400
        Option1(i). Visible = True
    Next i
    Option1(0). Caption = "打开文件"          '为每个单选按钮设置标题
    Option1(1). Caption = "保存文件"
    Option1(2). Caption = "颜色"
    Option1(3). Caption = "字体"
    Option1(4). Caption = "打印机"
    Option1(5). Caption = "帮助"
End Sub
Private Sub Command1_Click( )
    Select Case True
        Case Option1(0). Value
            CD1. ShowOpen
        Case Option1(1). Value
            CD1. ShowSave
        Case Option1(2). Value
            CD1. ShowColor
        Case Option1(3). Value
            CD1. Flags = cdlCFBoth
            CD1. ShowFont
        Case Option1(4). Value
            CD1. ShowPrinter
        Case Option1(5). Value
            '指定现实帮助的文件
            CD1. HelpFile = " C:WINDOWS\HELP\WINWB98. HLP"
            '指定显示帮助的格式
            CD1. HelpCommand = cdlHelpContents
            CD1. ShowHelp
    End Select
End Sub
```

提示：程序中用到一个由 6 个单选钮组成的控件数组 Option1，其中的第一个单选按钮是设计时在窗体添加的，其余几个单选按钮则是在程序中通过 Load 方法自动生成的。

第13章　数据库应用

13.1　知识要点

1）关系型数据库的基本概念。
2）Visual Basic 数据库应用程序。
3）可视化数据库管理器。
4）数据控件 Data 和绑定控件。
5）ADO 控件和 ActiveX 绑定控件。
6）结构化查询语言（SQL）。

13.2　相关知识与例题分析

选择题

【例 13-1】在 Visual Basic 中建立的 Microsoft Access 数据库文件的扩展名是_____。

A．. db　　　　　B．. access　　　　　C．. dbf　　　　　D．. mdb

答案：D

【例 13-2】创建数据库对象使用_____方法。

A．OpenDatabase　　　　　　　B．CreateDatabase
C．CreateTableDef　　　　　　　D．CreateField

答案：B

【例 13-3】当 Recordset 对象的 BOF 属性的值为 True 时，表示_____。

A．当前记录指针指向 RecordSet 对象的第一条记录
B．当前记录指针指向 RecordSet 对象的第一条记录之前
C．当前记录指针指向 RecordSet 对象的最后一条记录
D．当前记录指针指向 RecordSet 对象的第一条记录之后

答案：B

【例 13-4】使用 Seek 方法可以在_____类型的记录中查找满足条件的记录。

A．表　　　　　B．动态集　　　　　C．快照　　　　　D．所有

相关知识：定义变量的数据类型可以用声明语句声明，也可以使用符号声明。

答案：A

【例 13-5】使用 Seek 方法查找满足条件的记录时，可以根据记录集的_____属性判别是否找到满足指定条件的记录。

A．EOF　　　　　B．BOF　　　　　C．Match　　　　　D．Nomatch

答案：D

【例 13-6】不能对记录进行定位的方法有_____。

A. Edit   B. AddNew   C. Move   D. Seek

答案：A

13.3　实验指导

13.3.1　实验1

1. 实验目的

1）掌握关系型数据库的基本概念。

2）掌握 Visual Basic 数据库应用程序的使用。

3）掌握可视化数据库管理器的使用。

2. 实验内容

利用 Visual Basic 数据库应用程序建立一个"学生管理"数据库，其中包含两个表，分别为"学生档案.mdb"和"学生成绩.mdb"，表中数据如表 13-1 和表 13-2 所示，字段名、数据类型和长度如表 13-3 所示。

表 13-1　学生档案

学　号	姓　名	性　别	年　龄	出 生 日 期	籍　贯	电　话
0101	王建中	男	18	1985 - 06 - 07	北京	63390810
0102	李华君	男	17	1986 - 01 - 20	上海	65020008
0103	王丽丽	女	17	1986 - 02 - 17	南京	67366688
0104	张红燕	女	18	1985 - 09 - 23	广西	65242345
0105	贾建中	男	17	1986 - 10 - 18	贵州	65557848

表 13-2　学生成绩

学　号	外　语	语　文	数　学	物　理	化　学
0101	80	75	75	80	85
0102	90	90	90	90	80
0103	75	75	70	75	80
0104	75	60	78	80	82
0105	85	80	88	80	92

表 13-3　数据表结构

学 生 档 案			学 生 成 绩		
字段名称	类型/长度	索引	字段名称	类型/长度	索引
学号	Text/4	主索引	学号	Text/4	
姓名	Text/8		语文	Integer	

学 生 档 案			学 生 成 绩		
字段名称	类型/长度	索引	字段名称	类型/长度	索引
性别	Text/2		外语	Integer	
年龄	Integer		数学	Integer	
出生日期	Text/10		物理	Integer	
籍贯	Text/2		化学	Integer	
电话	Text/8				

学生档案 .mdb 的创建步骤如下。

1）启动可视化数据库管理器。选择"外接程序 | 可视化数据管理器"命令。打开可视化数据管理器窗口。

2）建立数据库结构。在可视化数据管理器窗口中选择"文件 | 新建 | Microsoft Access | Version 7.0 MDB（7）"命令，屏幕弹出"选择要创建的 Microsoft Access 数据库"对话框，在对话框中选择保存数据库的路径，输入数据库名"学生管理"，单击"保存"按钮。这时，可视化数据管理器窗口的标题栏显示出已建立数据库的路径和数据库名，如图 13-1 所示。

图 13-1 可视化数据管理

3）建立数据库中各个表的结构。右击"数据库窗口"的"Properties"，系统会弹出一个快捷菜单，从中选择"新建表"命令，屏幕出现"表结构"对话框，如图 13-2 所示。

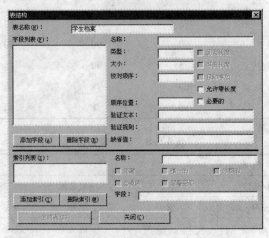

图 13-2 "表结构"对话框

在标题为"表名称"的文本框中输入"学生档案",然后单击"添加字段"按钮,系统会弹出"添加字段"对话框,如图 13-3 所示。

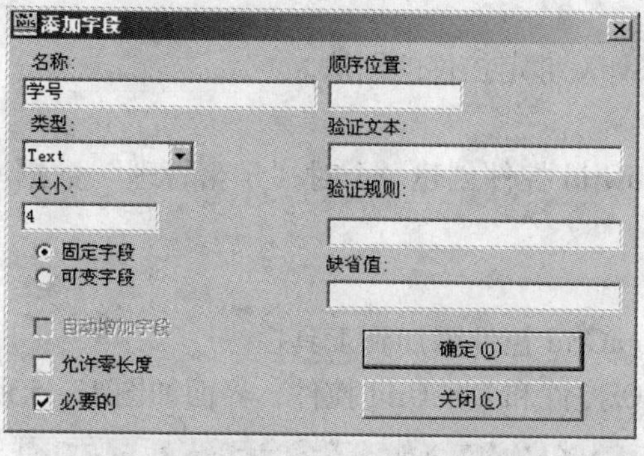

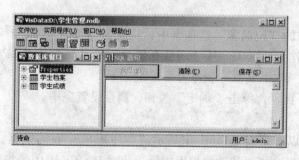

图 13-3　"添加字段"对话

在"添加字段"对话框中,输入"学生档案"表的各个字段的名称、类型和大小(见表 13-3),并且取消选择"允许零长度"复选框,选择"必要的"复选框,每输入完一个字段的信息数据后单击"确定"按钮。

所有字段的数据输入完毕后,单击"关闭"按钮,系统返回"表结构"对话框。这时在"表结构"对话框的"字段列表"框中列出所有输入字段的名称。

单击"添加索引"按钮,系统弹出"添加索引"对话框。在标题为"名称"的文本框中输入索引的名称,如"学号",单击"可用字段"列表框中的"学号",则"索引的字段"的列表框中就会出现"学号"字样。

索引字段设置完毕后,单击"关闭"按钮,系统返回"表结构"对话框,单击"生成表"按钮,系统返回"数据管理器窗口"。

至此,系统在数据库"学生管理"中建立了"学生档案"表的结构,并建立了按"学号"排序的名为"学号"的索引文件。

依照上述操作步骤,继续在"学生管理"数据库中建立"学生成绩"表的结构。结果如图 13-4 所示。

图 13-4　数据库窗口

4)向表中输入记录。右击"数据库窗口"中"学生档案",在弹出的快捷菜单中选择"打开"命令,在打开的窗口中按"添加"按钮进行添加数据。依次添加每个学生的档案和成绩。

13.3.2 实验 2

1. 实验目的

掌握 ADO 控件和 ActiveX 绑定控件的用法。

2. 实验内容

利用 ADO 控件和 DataGrid 控件创建一个对"学籍管理"数据库中的"学生成绩.mdb"表的连接。

创建步骤如下。

1）将 ADO 控件和 DataGrid 控件添加到工具栏。

2）在窗体中添加 ADO 控件和 DataGrid 控件，界面如图 13-5 所示。

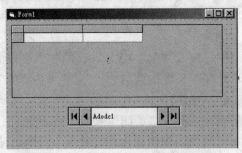

图 13-5　界面设计

3. 设置控件属性

DataGrid1 的 DataSource 属性设置为 Adodc1，表示数据源与 Adodc1 绑定。

Adodc1 的属性设置步骤如下。

1）右击 Adodc1，打开"ADODC 属性"对话框，在"通用"选项卡中选择"使用连接字符串"，单击"生成"按钮，打开"数据链接属性"对话框。

2）在"提供者"选项卡中选择"Microsoft Jet 3.51 OLE DB Provider"，此项是与 Access 数据库连接时的常用选项；在"连接"选项卡中选择将要连接的数据库，即学生管理.mdb。此时可以单击"连接测试"按钮，测试数据库能否正常连接。单击"确定"按钮关闭"数据链接属性"对话框。

3）在属性对话框的"记录源"选项卡中，从命令类型中选择"2 - adCmdTable"，表示以数据库中的一个表作为数据源。从"表或存储过程的名称"中选择系统已经识别的数据库中的表，本程序选"学生成绩"表作为数据源。

4）其他属性暂不设置，单击"确定"按钮，属性设置完毕。

4. 运行程序

程序运行时，可以看到 DataGrid1 中显示"学生成绩"表的数据，可以调整表格的列宽。单击 Adodc1 的▶或◀可以移动数据库指针，此时 DataGrid1 中的指针也随之移动。运行结果如图 13-6 所示。

13.3.3 实验 3

1. 实验目的

掌握数据控件 Data 和绑定控件的用法。

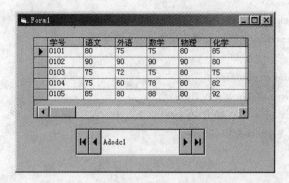

图 13-6　程序运行结果

2. 实验内容

设计学生管理系统，对学生档案表进行查询、添加、修改及删除等操作。

项目分析：利用 Data 控件和 Text 控件绑定数据库，并设计 5 个按钮实现对数据库的操作。

1）创建应用程序的用户界面，如图 13-7 所示。

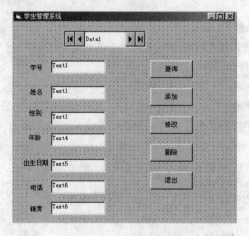

图 13-7　程序界面

2）设置对象的属性。

设置数据控件 Data1：

Connect 属性为 Access

DataBaseName 属性为学生管理数据库的路径

RecordSource 属性为学生档案 . mdb

ReadOnly 属性为 False（允许改动）

设置文本框（Text1 ~ Text7）：

DataSource 属性为 Data1

DataField 属性分别对应"学生档案 . mdb"的 7 个字段名

设置 5 个命令按钮（Command1 ~ Command5）

3）程序代码如下：

```vb
Private Sub Command1_Click()
    s = Trim(InputBox("请输入要查找的学号", "查找"))
    t = "学号 ='" & s & "'"
    Data1. Recordset. FindFirst t
    If Data1. Recordset. NoMatch Then
        MsgBox "找不到学号为" & s & "的学生 !"
        Data1. Recordset. MoveFirst
    End If
End Sub
Private Sub Command2_Click()
    s = MsgBox("输入新记录,按数据控件上的箭头按钮保存", _
    vbOKCancel, "新增记录")
    If s = vbOK Then
        Text1. SetFocus
        Data1. Recordset. AddNew '添加新记录
    End If
End Sub
Private Sub Command3_Click()
    s = MsgBox("输入修改数据,按数据控件上的箭头按钮保存", _
    vbOKCancel, "修改记录")
    If s = vbOK Then
        Text2. SetFocus
        Data1. Recordset. Edit           '修改记录
    End If
End Sub
Private Sub Command4_Click()
    s = MsgBox("要删除该记录吗 ?", _vbYesNo, "删除记录")
    If s = vbYes Then
        Data1. Recordset. Delete          '删除记录
        Data1. Recordset. MoveLast        '显示下一条记录
    End If
End Sub
Private Sub Command5_Click()
    End
End Sub
```